Miodrag Pavlović
Einzug in Cremona

Gedichte

Aus dem Serbischen
von Peter Urban

Mit einem Nachwort
von Peter Handke

Suhrkamp Verlag

Satz: TypoForum GmbH, Nassau
Druck: sachsendruck GmbH, Plauen
Printed in Germany
Erste Auflage 2002

1 2 3 4 5 6 – 07 06 05 04 03 02

Einzug in Cremona

Hand aufs Herz! wenn wir fragen was inzwischen geschehen ist.
Die Welt ist nicht mehr so, wie sie geschaffen wurde.
Hat sie sich wirklich in diesem Maße verändern können?
Warum ergibt die Verbindung aus Sonne und ihrem Salz
mit dem quecksilberweißen Mond irgendein Harz,
einen Schlamm und klebrigen Kitt? Ist das Gesetz gefallen
das die Materie regiert, oder ist der Schöpfer abgesetzt?
Kann das jemand in Ordnung bringen und den Himmel
auf die Füße stellen, ohne nach Golgatha zu gelangen?
Das Herz in die Hand! Ich bin ungeduldig
und welche Sprache soll ich lernen? Sanskrit, Griechisch,
oder Ivrit?

1996

Frühe Gedichte
1946-1952

Was hast du verloren
in diesem Wald
wo der Wind
seine Fahnen erhebt?

Weder die Hand noch Gold
noch eine Faser Verstand

Auf dürres Laub
auf feuchte Schatten
fiel einzig das Bekenntnis des Fleischs

Das einzige Bekenntnis
Waten in Zyklen
brachte den Gefangenen zurück
auf das Schiff

Während fremde Sohlen
zu einem wütenden Lied
dir die Schläfen zertrampeln

Schau in die Sterne
die einzige Rettung ist
glückliche Unempfindlichkeit

Was hast du verloren
als das Fleisch
Bekenntnis ablegte?
O Sklave
Schlafe
Kurz ist die Nacht

Requiem

Diesmal
ist jemand in der Nähe gestorben

Requiem
im grauen Park
unter geschlossenem Himmel

Frauen folgten dem toten Körper
zurück im leeren Zimmer blieb der Tod
und ließ den Vorhang fallen

Spürt ihr
die Welt ist leichter geworden
um ein menschliches Gehirn

Angenehme Ruhe nach dem Essen
barfuß sitzt ein Junge im Haustor
und ißt Trauben

Bleibt auch nur einer treu
dem den er verliert

Beeilt euch nicht mit dem Tod
keiner ist dem anderen ähnlich
Söhne denken an Spielzeug

Und nehmt nicht Abschied bei der Abreise

das ist lächerlich
und schandbar

Der Gefangene

Sonnenuntergang
Kindergeschrei unter dem Fenster
Spiele in kalter Zeit

Wenn der Himmel sich schließt
scheut sich wer ohne Schutz bleibt
die Angst zu akzeptieren
und lacht nicht

Gefangener

Bück dich
winke mit der Hand
soll der Rabe dich beißen
ins weiche Handinnere

Fürchte weder Wind noch Stein
jede Wunde ist ein Stück Flamme
wenn du dem Dunkel ins Gesicht siehst

Freiheit
Blut das strömt
zwischen Tag und Nacht

Freude
die dich sucht
ein Leben lang

Freude

Unter der Erde

Auf einer Bretterwand
jagt im Netz
eine langbeinige Spinne
ihren Schatten

Die morsche Treppe hinab
spuckt eine gelbe Kerze
in den Keller

Der Keller ist weit weg
und sinkt immer tiefer
unter die feuchten Mauern

Die Tür
hat man für jemanden geschlossen
um Mitternacht

Und eine Ameise
in Menschengestalt
am Fuß der Treppe
hebt die Hand

Ihr Schrei
erreicht niemanden

Wald der Verdammnis

Wald der Verdammnis
Fahne der Dämmerung
Schicksale kommen
zum Schlafen

Sammlungen von Leichen
schwimmen unter der Erde
vergessene Namen
sprießen mit dem Gestein

Verlorene Tage
verwehte Sonnen
ertrinken wie tote
Wolken im Fluß

Die Jahrhunderte sprechen per Telephon
einzig die Lüge
besteht auf dem Recht zur Rückkehr

Beruhigung

Im Dunkeln
sticht eine Biene
einem Sterbenden
die Augen aus

Blind
hob er die Hand
die Handfläche riecht
nach Blumen

Zur Tür herein kommt
eine winzige Sonne
die Fensterscheiben herab
rinnt Blut

Warnung an alle
die ihren Blick
zu weit in die Ferne richten

Stille

Diesmal
werdet ihr allein gehen
durch den gelben Wald
des morgendlichen Lachens

Ich werde bleiben und warten
auf den Fall meiner Knie
in den Sand der Ermüdung
in den Schlaf
der mit dem Nachdenken beginnt
und nicht Tod heißt

Wegen der Stille

Stille ist Begreifen
Begreifen ist Verteidigung
Verteidigung ist der Schlag
gegen die giftigen Blumen
im eigenen Innern

Ich werde bleiben und warten
auf den Fall meiner Knie
in die Stille

Vergeßt mich Freunde
auf der Sonne

Fragen

Ein Fremder werden
oder
nicht weggehn

Den Kopf abwenden
oder
erblinden

Den Mund halten
oder
auf den Rücken fallen

Nicht mehr lang ticken die Uhren
reiche die Hand

Sterben
oder
nicht geboren werden

Neu geboren werden

Diebe

Unbescheiden sind
diese Wörter und herzlos

Rauchende Nichtraucher

Hunde bellen und langweilen sich
Diebe gehen über die Brücke

Die Hunde bellen nicht und überlegen
die Diebe baden in der Wanne

Wie den Dieb wiedererkennen
wenn jeder eine Peitsche in der Hand hält

Blind drauflosbellen
und sich wie wild gebärden
O Hunde

Niemand soll mich zur Reue auffordern

Die Stille legt ein weißes Kleid an
die Dinge kommen auf mich zu
und sehn mich aus der Nähe an

Auf den Tod einer Henne

An den Füßen zusammengebunden
hängt aus den Wolken eine Henne
ohne Kopf

Blut in der Kloschüssel

Hand in Hand
spielen zwei Messer
Klavier

Die Federn im Kissen
werden vergeben
unseren nackten Hälsen

Kreis

Wesen mit grünen Augen
schauen ins Wasser
das nicht abfließt

Der Blick
taucht im Wasser
findet Wolken
ist allgegenwärtig

Vor langer Zeit
sind die Fische grüngeworden
und gestorben

Teichrosen waren es
die da aufgeflogen sind
in die Höhe

Ihr Blick kehrt heute
ins Wasser zurück

Schweigen

Glückliche und stille Kinder
die am Flusse spielen
morgens

Laub
dahinter endet der Wald
und beginnt die Sonne

Nichtgeöffnete Augen
die ihrem Atem zuhören
und wachsen
an warmen Brüsten

Gläsernes Schweigen
silbriges Wasser
in dem ein Schatten sich öffnet
und kalte Tropfen geboren werden
für die letzte Nacht

Variation über den Schädel

Ein Kopf ohne Gesicht
und ohne Haare
bedeutet große Sicherheit

Sicherheit gegen den Wind
und gegen Gelächter
und gegen Messer

Ein Kopf ohne Fleisch
fürchtet keinen Kuß

Höhlen ohne Augen
Kiefer ohne Zähne
weder Hunger noch Freude
können hier mehr Maden hinterlassen

Unverletzlichkeit

Warum sind unsere Köpfe
in Haut gehüllt die Fratzen schneidet
in die Frisuren gepflanzt sind

Im Schädel gehn
der in der Sonne glänzt
die Straßen auf und ab spazieren
Ohrfeigen austeilen
jeder Lüge das Schaufenster einschlagen

jeder Wahrheit die Haare ausreißen
unverletzlich
ginge ich in den Wald

am Ufer des Flusses
flögen Schmetterlinge
mir durch die Augen
und Blätter wüchsen
anstelle der Ohren

Wenn ich es erlaubte

Wenn mein Kopf
zum Schädel wird
gibt es keinen Dämon
der ihn bezwingen könnte

Schädel
Schwert der Natur
einziges Floß auf schwarzem Fluß

Verteidigung unserer Stadt
1953

Verteidigung unserer Stadt

I

Schau mich an. Der Fluß fließt nicht.
Noch immer sind wir allein unter der Glocke der Höhe
(Niemals allein).
Fenster sind dort, Fenster hinter uns,
zerbrochen, geöffnet, eingeschlagen
sind sie so kurzsichtig wie sie winzig sind
sind sie etwa so gleichgültig wie sie fern sind
wenn der Kopf sich an den Bug des Kopfes lehnt,
schweigen sie denn nur wenn die Neugier ihren Tag verliert?

Ich liebte dich, du weißt es, mit rotem Augenzudrücken
auf einem Stockwerk das immer dasselbe war
(schau mich an)
mit derselben Treppe und demselben Vorhang im Zimmer
mal gelb mal blau aber immer undurchsichtig
mit jenem Fenster das man öffnen kann und schließen
nichts werde gestört in der Anordnung der Gewichte im Zimmer,
ich liebte dich über einer Straße
immer mit demselben Umweg,
sie war tief unten unter unserer Umarmung,
dann liebten wir uns tief unten
und die Straße über uns umarmte unsere Umarmung,
die Straße, erinnere dich, von der wir vergessen hatten
daß sie die Diagonale ist zwischen den Stockwerken
der Vorväter und der Nachfahren:
ich liebte dich in den roten Fenstern der Beruhigung
diesen Fenstern die schweigen aber nicht gleichgültig sind
sondern das vorherbestimmte Wetter über dem einsamen Boot.

Wen liebe ich da eigentlich, Liebste?
Deine Schulter, die Hüfte desselben Boots
(Sind wir so weit weg?)
dein schönes Antlitz, oder den Schatten des künftigen Schattens,
deine Augen, die Fenster der Fortsetzung,
die weißen Finger
oder die Querstraßen in den Quadraten der Wiederholung,
diesen Hals oder die Sohle des Sohns auf der Schulter,
deine Stimme oder die Stimme die sagt es sei Nacht
und es bleibe sich gleich ob wir nach Hause gehen
oder sterben oder hierbleiben,
denn Früchte wachsen auch weiter, sie wachsen und wachsen.

II

Das sind unsere Straßen.
Die Parallelität schwankender Trottoirs,
die zweifache Kehrseite diskreter Mauern,
das sind die Walstätten des Vorübergehens und
sich-bei-den-Händen-Fassens
von denen wir Kreuzung sind und Zeichen.

– Sind nicht sehr idyllisch, diese schicksalhaften Mauern –
sagst du, Liebste – zerkratzt von den Pfoten großer Katzen
und den Stößen zufälliger Wagen von der äußeren Seite;
und zerpflügt von den Messern der Schüler und Lehrlinge
von der andern, diskreten Seite. Sind wirklich nicht
idyllisch.
Auch nicht die hohen Häuser neben den plattgedrückten,
die alten neben den neuen,
dazwischen gut gekleidete Gebäude mit großen Augen
und kahle Häuschen die Mütze im Nacken

wie im Samstagsgedränge auf dem Hauptbahnhof,
wo einem übel wird von widrigen Gerüchen.
Schließlich sind die Straßen auch ein wenig langweilig.
                                        Sei mir nicht böse.
Die Gesichter kennst du gewöhnlich, und wenn nicht
lohnt es nicht daß du sie dir merkst, du wirst sie wiedererkennen
mindestens neunmal im Laufe von zehn Jahren.
Immer dieselben Ecken …

                         – Du gehst spazieren?
Entschuldige. Willst du daß wir uns irgendwo setzen?
Wenn ich schon die Frivolität verteidigen muß
von etwas das ich liebe, dann schon bei einem Bier.
Also, unsere Straßen sind mit Sternen gepflastert.
Die Sterne sind oben.
                         – Die Sterne und der Rauch.
                           – Ich will nicht sagen
die Fenster glänzten wie im Märchen, auch nicht der Wind …
Wind gibt es nicht. Das sind alles Ausreden.
Das Wesentliche liegt in einem Souterrain
wo Menschen sich ausziehn ohne das Fenster zu verhängen,
oder auf einem Dachboden wo Wäsche trocknet in der Zugluft,
im Trolleybus dessen Hupe verschlafene Kopfkissen weckt,
das Wesentliche, d. h. die Frivolität sind die Drogerien,
Granap, Navip, Centroprom und Komgrap,
sind Tri šešira, Dva jelena und Četiri grozda,
die Bäckerei, Gutentag und nichts mehr danach.
Die Frivolität sind zwei Bier und Zahnstocher
und alles vom Asphaltdschungel bis zum Sinn des Lebens
wenn wir nicht bereit sind zu lieben.
                         – Bezweifelst du daß ich dich liebe?
– Das habe ich nicht gesagt.
Trotzdem, wenn du mich liebst, mußt du das Fenster lieben
an dem ich lehne, wenn ich die Ellbogen aufstütze,

die Fensterreihen die neue Blicke unterstützen werden,
du mußt die Mauern mit den Zwergenstimmen lieben
aus dem andern Zimmer, die Mauern, Gesetz unsrer Gemeinschaft,
den Ausruf nahe unter dem Balkon,
die Katzenaugen die mich wiedererkennen auf dem Hof,
die Hemden im Schaufenster, die Hemden auf dem Dach,
die Wolke an der Wäscheklammer,
das Schwanken der Lampen abends vor dem Park des
Geheimnisses,
das gedruckte Raunen der Morgenzeitungen,
Tor bis Tor, das Umziehen der Treppenhäuser
(wer weiß wo wir hineingehn und wo wieder hinaus),
lieben mußt du das Zwinkern des Staubs
dieser Stadt in der Nacht (schau, ich zwinkere),
und so weiter, du wirst sie schon selber finden
die Gegenstände deiner urbanen Liebe
wenn du nur willst.
– Vergiß nicht zu zahlen.

III

Spreche ich über die Menschen
muß ich eine Aversion niederringen
die ich verspüre wenn ich sprechen soll
über fremde Eigenheiten, Handlungen und Absichten.

Vielleicht weil jede Tat
so moralisch sie begründet auf den ersten Blick auch sei
vernebelt wird von unerschöpflichen Kategorien
der Rechtfertigung
der Anklage und Begründung, wenn man über sie nachdenkt.
Halten wir uns deshalb besser
an den berühmten Ausspruch:
Richtet nicht auf daß ihr nicht gerichtet werdet.

Zum Beispiel diese Menschen, Passanten genannt,
erinnern uns an jemanden, der uns auf die Nerven geht;
der uns mit spöttischem Verständnis anschaut,
der andre prunkend mit der Frau am Arm,
der andre mit verhärtetem Gesicht
als Mensch der verantwortungsvoll bestrebt ist,
das Mädchen mit nachgezeichneten Brauen,
nachgezeichneten Gleichgültigkeiten,
soll ich dir ihre Affären erzählen,
wessen Bruder gestorben, wem die Frau davongelaufen ist
wessen Kinder Medizin studieren,
wer der bekannte Schauspieler ist, was für ein Mensch
und so weiter?
Nein, ich habe die Aversion nicht niedergerungen
der hochfliegenden Einleitung zum Trotz
das kann uns auch nicht wichtig sein.
Ich sage dir nur:

Das sind die Menschen deiner Stadt, deine Nachbarn,
die Nachbarn deiner Nachbarn, du bist einer von ihnen
im Haus, beim Milchmann, im Kino, bei Tisch.
Das sind die Menschen mit denen wir täglich teilen
die vier Elemente des Empedokles,
und nicht nur sie,
nicht nur alles, von der Elektrozentrale bis zur Savebrücke
und zum komplizierten Versorgungsnetz,
sondern auch die zwei Chroniken,
von denen ich dir ständig erzähle:
dem Archiv der Spuren im Schnee vom vergangenen Jahr
und dem Gewächshaus temperierter Keime die morgen blühen
sollen.
Menschen bringen dir das Aspirin wenn du im Bett bleibst,
ihre Enkel werden Holz hacken auf der Zimmerdecke deiner
Enkel,

deine Großväter haben die Hochzeit ihrer Vorfahren verleumdet
oder beides zugleich oder umgekehrt.
All das zieh in Betracht,
uns verbinden festere Bande als Telephonverbindungen.
Wer hat nicht alles ein Auge geworfen auf wen im Kalemegdan,
wer nicht ermüdende Prozesse geführt
über die man heute hinwegsehen sollte versöhnlich
um neue Anklagebänke zu vermeiden,
neues Einschlagen von Fenstern mit dem alten Stein des Neids,
zieh in Betracht die potentielle Gutwilligkeit
der Schwellen die wir nicht überschritten haben,
damit wir Menschen seien von denen man sagt
(damit auch das einmal wichtig werde)
daß sie gern lachen
Unter Freunden.

IV

Noch einmal nicht allein in unserem Zimmer,
ich sage dir zur Erinnerung ein Klagegedicht,
wir sind zu zweit in unserem Zimmer,
noch ein Klagegedicht im Versuch der Einsamkeit
im Zimmer, über Zimmern die verschwunden sind,
nicht durch Überbauung sondern durch Granaten,
über Mauern die sich bogen vor dem Tod
über Gräbern, gepfählten,
über der nichterwiderten Wärme der Bettstatt,
noch einmal von Gräbern, aufgehängt am Telegraphenmast,
vom Tod in der Enge zwischen Himmel und Erde,
von den fünf Rabenjahrhunderten über den Tischen,
es erkenne unsere Liebe daß sie ein Teil ist
der Trauer der Stolz ist
noch einmal.

O meine Stadt, Turm der Männer,
Wald der in den Himmel strebt, in der Enge des Großbrands,
Witwe warst du
überfallen vom Zahn und vom Haar der Begierde,
angezündet und verbrannt von denen die dich anzündeten,
die dich aushungerten und selbst verhungerten,
dich versklavten und in der Grube der Jahrhunderte
zugrundegingen
dich würgten und im Gewitter erstickten,
du hast die Gewitter erstickt
meine Stadt, Witwe warst du, wiedervermählt von deinen Söhnen,
du bliebst mit deinen Männern auf den Türmen,
in unseren Zimmern, Stolz in unseren Klagegedichten,
besonnter First unserer Blicke.

V

Kein ungerufener Laut
störe die Stille dieser Nacht
die keine Nacht ist denn sie trüge im Unbewußten den Morgen
der kein Morgen ist denn er trüge auf der Stirn den Tag
der Nacht und Abend trägt, den Morgen und eine ganze Uhr.

Kein Heulen ungerufen oder erschrocken
keiner all der morgendlichen Laute
deren Drohung den Menschen den Schlaf raubt
sie schlafen läßt mit der Reserve der vorsichtigen
Gehirnwindung
kein einziger von ihnen (aber wie es verhindern)
berühre das gespitzte Relief des Ohrs über dem Schlaf
kein einziger von ihnen soll diese Nacht und alle Nächte
die sein werden wie diese
und alle Nächte werden sein wie diese

bis das Heulen erscheint
(bis die Wölfe erscheinen)
kein einziger soll erscheinen
am Himmel sollen keine Wölfe erscheinen
mit aufgerissenen Sternenzacken
mit entfesseltem Brüllen das Köpfe zertrümmert
kein einziger von ihnen soll
das gespitzte Relief des Schorfs der Ziegel berühren
Verstecken sollen sich die Maulwürfe in ihren Gängen
die Stahlwürmer sollen heute nacht nicht suchen
nach frischem Fleisch unter der Höhle des Deckbetts
kein Heulen des Aufpralls
kein Klappern des stählernen Schnabels
kein Brüllen des Sterns der Köpfe zertrümmert
soll das Recht dieses Dunkels bestreiten
über dem Haar das ein ruhiges Laken begehrt.

Wenn Frieden das ist was nicht Krieg ist
wenn Frieden das ist was
kein menschlicher Kopf ist in einer angeschlagenen Glocke
keine Kanalisation des Bluts auf dem Pflaster der Erinnerung
keine Kinderfinger in Straßenbahnschienen
wenn zumindest Krieg nur das ist
soll Frieden sein von einer Straßenbahnhaltestelle zur andern
vom ersten Blick bis zum letzten Stern
vom ersten Bissen bis zum Nachdenken
von einer Straßenecke bis zur Hochzeit, bis zu Kinderspiel
und der Rückkehr mit der Eisenbahn um Mitternacht.
Friede dieser Stadt
kein einziger Laut störe die Stille
dieses Morgens im Unbewußten der Uhr.

VI

Ich habe Hoffnung für diese Stadt
ich habe eine große Hoffnung
ich habe eine Stadt
ich habe einen Morgen jeden Morgen
aber der Morgen meiner Hoffnung kommt erst.

Nicht Morgen der Hoffnung, sondern Morgen der Verwirklichung
nicht ein Morgen der kommt sondern der sehr lange dauert
nicht der kommt sondern der sein Gesicht selbst verändert
das Gesicht der großen Hoffnung, die Ankunft dieser Stadt
ich habe diese Hoffnung jeden Morgen.

Ich sehe einen großen Hafen des Glanzes
eine Woge duftigen Nebels, ein Schiff vor zerbrochener Mauer
ich sehe den Hafen von dieser Mauer herab
von diesem Schiff, von der Woge dieses Auges
den Hafen wo uns unsere Doppelgänger empfangen.

Nicht unsere Doppelgänger sondern wir persönlich
zum ersten Mal uns selber ähnlich
nicht im Hafen sondern auf offener See
denn hier ist der Hafen, das ist die Mauer des Glanzes
nicht das Schiff nicht das gebrochene Auge des Doppelgängers.

Ich höre das Schwanken gläserner Stockwerke
Märkte von Gongs, die Ankunft offener Türen
ich höre das Schwanken der Blumen auf den Märkten
die Begegnung von Hubschraubern in den Wolkenstockwerken
ich höre den Gong der Ankunft
ich höre die offenen Türen
Türen zu denen dieselbe Blume eintritt.

Denn ich habe Hoffnung für diese Stadt
denn man hatte Hoffnung auf diese Ankunft
alle vor uns und die Sonne über uns
für diese Stadt, für diesen Schmerz
für diesen Hunger nach Zeit und den Schmerz der Geburt
für die Wolke des neuen Gesichts. Denn ich habe Hoffnung

Nicht nur für den Schmerz der Zeit
nicht nur für die Stufen der Pyramiden
nicht nur für den Glanz der Ankunft und den Gong der großen
Hoffnung

für die Woge des Tagesanbruchs und den Hafen der Doppelgänger
nicht nur für die Pyramiden
sondern auch für die offenen Türen
für die offenen Türen
für den Hunger nach Öffnung
für diese Stadt.

Milch des Ursprungs
1963

Ein einfacher Mensch
über die Erschaffung der Welt

Davon zu erzählen ist schwer
wenn man nicht belehrt worden ist.
Darf man einem Gedächtnis trauen das damals
noch gar nicht erschaffen war?
Das Tor zu dem ich reinwollte
wich mir ständig aus;
ich schritt wie für einen andern,
und etwas zog mich zu erscheinen.
Die Rede kam von außen:
Nein, ich habe die Welt nicht erschaffen,
rechtfertigte sich ein Dickbauch,
der da durch die Blumen geht ist mein Erstling,
ihn habe ich gemacht,
soll er jetzt die Schöpfung auf sich nehmen.
Sinne öffneten sich auf verschiedenen Seiten,
einer hinter dem Meer, ein anderer auf einer Wolke,
ein dritter lag auf der Erde herum,
ich hab sie nicht alle gezählt.
Aber unter dem heitren Himmel
verdampfte alles zu schnell:
mein Rückgrat war noch nicht ausgewachsen,
da kam schon der Schnitt und die nötige Bewölkung.
Die sich an nichts erinnern
kamen um bei der Neuerschaffung der Welt dabeizusein,
und meine Mutter sah ich zum Schluß
im schmutzigen Nebel versinken,
und mein Bild auf ihrer Hüfte
für einen Augenblick:
unter den Schlägen des Windes wurde ich
dicht wie Wurzelwerk,

der Schädel steht halb geöffnet,
und buntes Durcheinander schwoll am Sockel des Hirns.
Dem Tüchtigen sagt man einen langen Weg voraus.

Du dagegen wolltest gleich ins reine Licht
wie ein großer Herr.

Wächter vor Athen

Ich kam an diesen Strand
um die Rede über die Schönheit zu hören.
Niemand ist da.
Der Kies hat noch Gänsehaut
von der Ahnung der Verwandlung,
und die Bäume werden kleiner, bescheiden geworden
nach all den großen Reden.
Ich ging zurück in die Stadt
um die Weisen aufzusuchen und ihren Rat,
Fische kamen mir entgegen
und wir machten uns gemeinsam auf den Weg.
Zum selben Gastmahl führen die Straßen des Meers und der Stadt.

Auf der Tafel sind die Sonnenschnitten durchsichtig und kalt.
Ich halte Wache am Tor, wer verändert das alles?
Ich hob die Hände um mich des Himmels zu vergewissern:
und berührte die Brüste eines riesigen Vogels
der verendet, aber nicht herabgefallen war auf die Erde.
Durch sein Auge sah ich Schiffe im Kreise fahren;
die altmodische Art Segel zu beerdigen.
Welcher Tag der Schöpfung ist heute?
Der Stuhl auf dem ich sitze sinkt in den Sand
unter dem Gewicht der Stadt in meiner Hand.
Ich hüte sie wie einen Schluck Wasser
mit wenigen Worten,
um sie einem noch Verschwiegeneren zu übergeben, morgen.

Den Menschen aber liebt man immer mehr
in der Tiefe des Meeres.

Krieger erzählen

Mit den Schilden haben wir Mauern abgetragen
mit den Hufen Gräber,
nachmittags pflasterten wir das Feld
mit rotem Marmor,
und als wir die Hofburg in den Abgrund stießen
widerhallte das Meer, schwarz.
Wir waren wirklich Helden.

Lange schwammen wir nach Hause
legten Sklavinnen flach entlang der Milchstraße
endlich kamen wir zu dem Haus
um mit den Schilden Mauern abzutragen
Andenken mit den Hufen.
Wir waren wirklich Helden.

Wir wandten uns dem roten Marmor wieder zu
auf der Suche nach jüngeren Sklavinnen.
Die Burg ragte in die Höhe,
unsere Schilde verbeulten;
Brot und Wasser gab man uns,
und erschlug uns nachts wie Bettler.
Versteht sich, morgens kamen wir wieder
und stießen ins Horn vor den Mauern.
Wir waren wirklich Helden.

Agamemnon erscheint

Wie war das mit meiner Rückkehr?
Heimischen Boden betrat ich
und die Olivenbäume staunten über meinen Namen.
Während ich durch das Bad schritt
gingen die Sterne unter,
und oben sah ich Schiffsbäuche schaukeln
und den Bauch meiner Frau.
Plötzlich brach über mir der Chorgesang ab,
und ins leere Gemäuer dieses Palastes
stieg ich hinab, zu den versteinerten Dornen.
Wie ein Landstreicher stehe ich jetzt
gelehnt an die rußige Mauer der Unterwelt,
werde mich aber nicht umziehn:
ich erwarte meine zweite Rückkehr.
Ich sah mein Ende, aber der wahre Krieg hatte nicht einmal begonnen,
die oben leben jetzt im ewigen Frühling
weil ich nicht da bin aufzutreten.
Man gebe mir noch einen Tag
und ein Schwert,
ich würde nicht länger beklagen daß man mich abgeschlachtet hat.
Was gäbe das für ein Blutbad da oben,
aber lassen wir das.
Am Ende setzte ich mich auf den Thron
und krönte neben mir die Löwin.
Ihr Triumphtor wartet auf mich.

Orest auf der Akropolis

Unter meiner Ferse hebt jede Stufe an zu singen:
des weißen Chors ursprüngliche Stimme.
Aber man hört sie nicht weit,
die Hitze hat jedes Echo erstickt:
ich komme.
Von oben führen andre Treppen in den Tempel,
über sie kommt jemand herab
mit mir im gleichen Schritt. Soll er kommen.
Soll er vom Pferd aus mich richten,
zum Wohl gereiche die Begegnung.

Dennoch kam ich allein ins elterliche Haus
wo außer Säulen niemand war, weder Vater noch Mutter.
In meinen Haaren steigt die Flut des Windes
um die Schandtaten zu sühnen
für den späteren Frieden,
ohne Fluch und ohne Bilder.
Wer wird von oben kommen
und mich anerkennen als seinen Sohn?

Niemand wird mehr herrschen noch richten:
du hast die Schritte im Himmel gehört,
und die nackten Farben bleiben ungeliebt.
Sollen sie kommen: das Meer,
die spitze Sonne, die himmlische Wabe der Leere,
alle auf den Berg, um den Schuldigen zu bestrafen!
Sie gehen dann irgendwohin ins Innere,
mich lassen sie in der Dämmerung allein
damit ich hier das Verbrechen auf den Thron hebe.
Mit Messern ging die Zeit der Wut vorüber,
jetzt ist alles kurz und nebensächlich:
ich werde Priester einer zerfahrenen Zeit.

Auf barhäuptiger Erde
steht ein anderer Mensch
und kein einziger Gott.

Versammlung der Hunde auf Knossos

Vor den Mauern kläfften und jaulten
Menschen wie tollgewordene Hunde,
und wir waren mit der Stimme Hehler
derer, die eben gelandet waren.
In dem Getümmel war kein Gemach mehr verschlossen,
wir balgten uns auf königlichen Betten,
leckten an den Hörnern der Stiere,
die Schlangen hingen von den Riegeln.
Wir hatten nichts zu verlieren.
Ungeduldig warteten wir erobert zu werden,
sonst hätten unsre Herren uns verspeist.
Als dann die Dorer die Tore einrannten,
sahen sie einen von uns auf dem Thron
und rissen vor Staunen das Maul auf.
Sein Fang war wohl etwas zu lang,
und dieser Schatten fiel ihnen aufs Gesicht.

Sie plünderten, aber uns gaben sie kein Fleisch,
und Freiheiten hatten wir große gefordert,
bekamen aber bloß die Leiche des Königs, zur Verhöhnung.
Ihn fressen?
Na was denn,
wir haben schließlich auch auf seinem Thron gesessen!
Sein Fleisch war zäh wie ein Ledergurt,
die Leber knotig und klein.
Später kamen sie mit Ketten zu uns
und warfen uns raus, den Mond anbellen,
aber die Schlangen sind noch schlechter weggekommen:
die brieten sie am Spieß.
Wir hatten auf ein besseres Leben gehofft
unter neuen Herren.

Pindar beim Spaziergang

Ich will kein Rhapsode mehr sein,
begraben sind die Helden,
die Wettkämpfe ausgesetzt.
Stumm sind heute morgen die Tempel und klein,
ich sehe mich vor, sie nicht mit dem Ellbogen einzureißen.
Gern träfe ich ein Mädchen an der Quelle,
oder besser niemanden mehr treffen,
mir ist der Durst vergangen.
Sieh die weiße Schulter hinter dem Dornenzweig
und der Boden ist warm und weich für die Liebe,
aber der große Kopf eines Jünglings schaut von oben herab
also bleibe ich stehen, um unbeweglich zu werden wie sie.
Dieses Geschlecht ohne Arme und Zeit ist keusch,
denn kann man jemanden umarmen aus einem anderen Sein?
Ich hätte Lust sie zu küssen,
aber sie haben nicht auf mich gewartet,
ihre kantige Sinnlichkeit kennt nicht die Weichheit
des Fleisches und des Klangs,
ich habe keine Wörter, sie ihnen in den Stein zu schneiden.

Statuen stehen nicht für den Menschen.
Sie sprechen mit den Göttern auf der Lichtung,
vergessen ist das Fleisch das früher einmal war.
Den Weg nach Delphi kommt niemand mehr gegangen.

Die schönste Hymne ist das Lied
das schön besingt das mächtige Geschlecht der Formen.
Du hast gesiegt, Nachkomme ohne Ahnen,
denn die Eiszeit die kommt als durchsichtiger Felsen
mit dem Grab der Sonne auf dem Gipfel,
dich wird sie bewahren. Durchsichtigkeit ist dein Himmel.

Wir haben unser Blut nicht ertragen. Nein, haben wir nicht.
Wir haben das Leben pervertiert.
In Käfigen aus Eis werden Statuen stehen
wie Blumen im Garten
unsere einzige Hoffnung
daß sie die Form des Menschen bewahren.

Zuvor aber sagt mir, dem Letzten
was haben die Götter gesagt über uns?

Aussage der Statuen

Auch uns fällt es nicht leicht zu überdauern.
Aus dem bodenlosen Schädel des Steins
sind wir eingegangen in die zittrigen Netze des Blicks:
die Materie kreuzt sich in uns, der Schmerz brennt.

Die Steinbrüche rufen uns Nacht für Nacht
zurückzukehren wie die Wölfe
ins Rudel der Härte.

Morgens zerren uns die Menschen an den Fußgelenken
vom Architrav des Tempels herab, Fleisch zu werden
wie entfernte Verwandte, die helfen in der Not.

Doch für uns sind die Metamorphosen zu Ende,
über den entgegengesetzten Stromgebieten der Wesen
stehen wir unbewegten Auges,
und ehe uns die Sonne erblickt
berührt sie allseits unsere Formen
und erinnert sich der wahren Gestalt
dieser Welt der sie das Licht schenkt.

Odysseus auf der Insel der Kirke

Beinahe täglich will Kirke
jemanden in ein Schwein verwandeln,
es fallen verschiedene Namen, hör zu:
die Herde wächst, triffst du Freunde auf der Straße
wie sie grunzen! Sie klagen, strengen Prozesse an
rennen mit dem Kopf gegen den Zaun,
was für Zeiten!

Mich fragen meine Getreuen: wo ist das Schiff?
Aber ich habe es nicht eilig an Bord zu gehen
auf ein Deck das verfault und durchsichtig ist,
und sage zu ihnen: habt Geduld,
wir sind für die Gerechtigkeit noch nicht reif,
gehen wir von hier
fort, und was dann?

Okean muß über schroffe Pfade gehen
und Schatten locken herab auf das schwarze Blut
wenn es anfängt, wirklich um Opfer zu gehen
wird niemand wissen wer mit wem verwandt ist!
Auch unseren schweinischen Zustand haben wir verdient
um es rundheraus zu sagen
mit der Liebe zu einer Hure von Frau
und der Sehnsucht nach den finsteren Formen der Macht.

Ich weiß nicht wann wir aus der Epoche heraustreten werden.
Kirke ist ohne Reiz, unfruchtbar, dumm
und hält uns auf der Insel fest,
wir sind verstörte Schweine
unter uns ein unentschlossenes Schiff.

Die Geburt der Aphrodite

Unter dem Perlmuttflügel der Sonne
blasen die Posaunen daß alle Hüllen fallen
Augen schleichen sich an wie Gras
mitanzusehen diesen Wechsel von Meer zu Glanz.
Ferne Ufer entsteigen dem Meer
die Herde an den Hängen fiebert:
sie schaut in den Wirbel.
Windstille oben
unter Wasser wütet der Wind:
Muscheln schleudert er empor wie Vögel,
Algen hängen am Rebstock der Wolken.
Dann sprüht der Schaum als balle er Brüste,
und Hüften röten sich über dem Abgrund.

Sie ist gekommen, zu uns!
Weiß steht sie auf des Ungeheuers Rücken.
Begießen wir die Glut
des Untergangs mit Wein.

In der Bucht von Athen

Wir, die wir von der Insel flohen,
wo der Bruder auf den Bruder losgeht,
sehen den Hafen durch die hohle Hand:
abends kommen große Schiffe
wie Titanen aus der Ferne,
knien sich ins Wasser,
Flüchtlingsströme steigen aus
und besudeln das helle Pflaster der Stadt.

Morgens gehen wir wieder zum Hafen,
wir wollen weiter, ans keusche Festland
das Baumeister, sagt man, mit offenen Armen empfange,
doch wer besteigt die morgendlichen Schiffe
die kleiner sind als ein Fuß (abgenagt im Traum)
und frisch wie Blumen
aufs Wasser gestreut für anderer Menschen Kränze.

Mit den großen Schiffen kommt nur der Hunger,
sagen wir, an hohe Tore gelehnt,
nirgends ein Weg von hier fort, wirf den Namen ab,
spuck die Erinnerungen aus wie Sonnenblumenkerne
und warte untertänig, daß er dich in den Krieg führt,
der neue Herrscher der Armen.

Schon sucht dich sein gestrenger Blick
aus den Schneehöhen.

Groß-Skythien, Neu-Skythien
1969, 1970

Die Slaven unter dem Parnaß

Die Hauptleute führten uns in die Länder des Südens
vor Unglauben trunken, grün vor Kraft,
um dem Marmor die Schenkel zu zerbeißen,
um mit dem Knüppel die Gebirge zu verheeren,
um irre Herden übers Meer zu treiben.
Wir tanzen im Blau unsern wilden Reigen,
schlafen abends nackt
neben verprügelten Statuen.

Insgeheim fragen uns die Sänger:
wer war das auf dem Begräbnis des Himmels,
wer bezeugt daß die Ewigkeit im Tode röchelt?
Weiter sagten sie: nicht mit Verwüstung,
mit einem Lied sollt ihr die Nacht verbringen,
mit dem Morgen werden große Säle kommen
mit den schönen Körpern der irdischen Herrscher
und ankern auf dem Gipfel des Gebirges.
Die göttliche Gestalt wird in der Luft erscheinen
und Hände werden sich auf unsre Schultern senken
um uns als eure Söhne anzuerkennen.

Und unsere Nacktheit wird sich in Wörter kleiden
wie die Birke im Frühling in Laub.

Jagd

Ich führte meinen Bruder auf die Jagd
morgens in die Berge,
wir hatten gute Pferde
und Feuersteinpfeile,
der Wald war voller Getier.
Mein Bruder verstand
die schweigsame Sprache der Tiere:
die Wölfe sprachen von Brüderlichkeit,
die Bären von Gerechtigkeit,
im Eber hörte man die Stimme des Urahns,
in Vögeln hallten irgendwelche Schwestern wider,
Waisen, unverheiratet oder ungeboren,
viele Tage jagten wir länger
um endlich auf ein echtes Tier zu treffen.

So kehrten wir ins Dorf zurück
mit leeren Händen und hungrig.
Die Lehnbauern verspotteten uns,
unsre ungetreuen Liebsten hatten uns verlassen
und alle Habe mitgenommen,
nicht einmal im Kloster nahm man uns Bettler auf
gab uns kein Dach überm Kopf und nichts zu essen.

Allein die Pferde haben uns getreu getragen
aus einer kleinen in größere Weite
und Vögel flogen uns zu Häupten
die Wolken zerteilend.

Findling

Ihr fandet mich wo ich liege, im Laub
geheimen Namens, eines pflanzlichen vielleicht
und wer ich bin kann ich nicht sagen;
die Hälfte meines Namens blieb an der Mutter Brust,
die andere an der verkrusteten Lippe des Riesen.
Vielleicht bin ich ein Brudermörder
der sich vor der Rache versteckt,
oder ein Sehender der seinen Gedanken
zurückläßt auf den Wipfeln der Eichen
Spinnweben gleich.

Barmherzige Fuhrleute tragt mich
hinauf in die Winde der Berge
damit ich meine Wunden kühle,
oder verkauft mich am Steilhang des Meers
in andere Länder und reiche Gärten
wo Riesen mit dem Blick auf die See
nicht mit harter Sohle
auf die Stirnen der Nichterwachsenen treten,
hier will ich sitzen neben einer Mutter
die nicht schadenfroh ist.

Tragt mich hinweg aus diesem Wald,
ich kann nachts nicht mehr sehen
den Glanz der nichterschaffnen Wesen in den Zweigen
die an meinem Leiden lernen
der Geburt zu entgehen.

In Einsamkeit Klage

Er, aus der Kaiserstadt gesandt
mit versiegelter Bulle
und Quersäcken voller neuer Weihrauchfässer
geht sofort zum Hof.
Seine Hand hält sich am Golde fest
und seine Träume voller Musik
fliegen nicht weiter als bis zum Söller.

Dabei wissen alle, ich bin
den Armutspfad bis zur Tugend gegangen
an der zottigen Schulter des Volks,
ich habe mit erhobenen Händen
den Wolken die Dornen abgebrochen
und mitten im Schlamm gekniet
unter dem kalten Fieber der Sterne.
Der Bauer kommt zu mir in seiner Not
und die Hirten im Gebirge warten auf mich
damit ich ihnen einmal jährlich Trost spende
grüner als das Gras.

Auch ohne ein Wort der Klage –
der Verachtete soll er sein
und der Selige ich,
trotzdem bauen sie Tempel dort wo er hinzeigt
und legen ihre Seelen in seine Hände,
er ist es der das Sagen hat.

Mich dagegen hält man vor der Kirche
um die Bettler zu beruhigen.

Vergeblich hat sich mir das Wort geoffenbart

vergeblich alles Wachen und Wissen
wenn sie mit dem kaiserlichen Brief nicht mich
auf die Reise geschickt haben.

Der blinde König in der Verbannung

Ich schreibe dir aus der Hauptstadt der Ökumene.
Stehe am Fenster, ich, Gast des Kaisers
und höre den Straßenlärm jenseits der Palastmauer,
die Gespräche der Falkner vor dem Essen
die melodischen Rufe der Ruderer im Hafen.

Heute morgen kniete ich auf Marmor
und heute abend werde ich Bußlieder hören.
Mit duftenden Edelfrauen sitze ich an der Tafel,
so lebe ich, in die Kaiserstadt verbannt
und doch nahe den verschiedenen Seiten der Welt.

Vieles könnte ich hier sehen
hätte man mich in der Heimat nicht geblendet.
Ich muß zurück, um mein Augenlicht zu holen.
Aber wie die Heimat finden, blind?
Ich kenne jetzt nur die Wege
unter dem Berg meines Verstandes
und lange Litaneien die mich von einer Küste
zur andern führen, mich an der Hand haltend wie eine Wolke.

Wenn die Herolde mich aufs Pferd setzten
und schnelle Kuriere mich führten
wer weiß in welchem Land sie mich auf den Thron heben.
Wie herrschen in einem unsichtbaren Reich?
Ich kann nur ein Diener werden
und Bettler vor verrammelter Tür,
der Vater der mich blenden ließ in dieser Welt
wird mich heilen in jener.

Ich hinterlasse meinem Sohn
Schlachten, Krone und ein Augenpaar
schlage er mit seinem Szepter die Fremden besser,
ich gehe sacht, mein Augenlicht zu finden.

Geschichte eines Pilgers

Wie angenehm sind wir zum Sinai gereist!
Und welcher Blick sich offenbarte
auf den seligen Berg! Dann der Aufstieg
zu Gottes Fenster, und weiter:
niemand überfiel uns, keine wilden Tiere,
die im Sande leben lieben alle ihren Nächsten,
die Herbergen sauber, Obst gratis,
römische Wachen geleiten uns
zur nächsten Kirche: eine ganze Kleinstadt
steht dort morgens im Gebet,
unsagbarer Tagesbeginn!

Keine Armut mehr ringsum
kein Neid, kein Ehebruch, gerechte Richter,
selig seist du Rom und du Jerusalem
wo die Gewalt vergessen ist
und wo man Lieder singt in brüderlicher Umarmung.
Und da ich so viel Licht gesehen hatte
blieb ich in einem der Klöster
hatte ich doch durchschritten
des Goldenen Zeitalters Tor.

Und friedlich trage ich die Ketten
in die man mich warf
als sei ich ein Irrer.

Rückkehr des Pilgers

Ich hatte mich aufgemacht
in die Stadt der Urzeit
der Bilder und Psalter ritueller Freuden wegen
und um im Chor zu singen unter goldenen Gewölben.
Am Eingang ließ mich die Warägerwache kaum durch,
in der Hagia Sophia gab man mir die Kommunion nicht
so ging ich durstig durch die Straßen
(deshalb trinke ich jetzt Wein in Mengen)
und war traurig:
an die Bettler hatte ich nichts zu verteilen
noch war ich selbst ein Bettler
in der Stadt voller Schiffe und Blumen
kannte ich niemanden
es sei denn Gott den Herrn allein.

Ich schlief auf Stroh bei den Pferden
sang um die Wette mit frommen Armeniern
und als der Sonntag um war, bei noch jungem Mond,
eilte ich zurück mit leeren Händen
in unsre Eichenwälder die an Tieren so reich sind.
Und erst hier, im Gebirge mit unserem Namen,
begann ich zu trauern um den Hafen der goldgedeckten Stadt;
morgens sehe ich sie jetzt im Dunst
glanzvoll ferne Kontinente verbinden
und weiß, indem ich altere, im Schafspelz sitzend
daß ich in jener fernen Stunde, als ich einsam und verwaist
die Hauptstadt der Ökumene durchstreifte
der Schönheit der Welt am nächsten war.

Dušan vor Konstantinopel

An einem Sonntag öffneten mir das Tor
zur Stadt des Ostens
Engel die sprachen wie wir.
Ich dachte das Geheimnis der Stadt zu kennen
und sprach griechisch auf dem Platz,
aber die Bürger riefen:
das ist nicht unser Herrscher,
und schlossen sich in ihren Türmen ein.

Danach ging ich bergan zum heiteren Himmel,
die Wolken bewachsen mit grünem Wald
schlugen einen Bogen über den Bosporus
und viele Marmorstufen führten
auf den Grund des Meers.
So lag die Hauptstadt endlich doch
in meinen friedfertigen Händen,
und die Kuppeln der Heiligen Sophia
waren Äpfel mir zum Geschenk.

Als sie die Lichter ansteckten
begann ich Gebote zu geben:
Herolde nach Nerodimlje!
Schiffe gegen die Türken!
Das Gastmahl in den Sälen soll beginnen!
Mein neuer Zweiter flüsterte mir zu
ich solle mich nicht allzu sehr
um die Staatsgeschäfte kümmern
offensichtlich hätte ich versäumt
meinen eigenen Tod zu bemerken
zu Pferde zwei Stunden vor der Stadt,
doch sei ich ihnen lieber Gast auch als Leichnam,

im oberen Stockwerk warteten Gemächer
bereit für die Nacht und als Wohnstatt
jenseits des Grabes.

Seitdem stehe ich an wichtiger Stelle
im Totensenat der Kaiserstadt,
vergeblich sucht man in unserem Reich mein Grab,
unnötig wünscht man mir anderen Ruhm.

Pfauen

Ich denke viele Lüste liegen in unseren Schreien
und in unserm Gefieder dessen Farben dichter sind
als die von Wesen die in Eiern sitzen,
voller Neid erzählt man wie tief
wir in die Schlafgemächer vorgedrungen sind, aber seht:
wir begleiten nur die Herrinnen in goldenen Gewändern
die abends hinabgehen unter grüne Säulen
und die Hände zum Segen erheben.

Im Grunde planen wir eine Verschwörung.
Wir wollen daß sich dieser Marmor
in Vogelnester verwandelt,
Magier rufen wir vom Mond
sich niederzulassen auf den Zypressen,
verkündet werde das Reich der Pfauen!

Das Licht erlischt auf den Händen der Herrinnen,
ihre Handflächen riechen nach bitteren Kräutern,
ihr Segen fällt ins Leere.
Alle sind auf die Mauern gegangen
die Türme der Belagerer wachsen zu sehen
und wie die Himmelskrieger abziehn
einer nach dem andern die Waffen wegwerfend
in Wolken von Asche.

Im Käfig der Klage wird in Zukunft schmachten
das verkleinerte Bild der kaiserlichen Stadt.
Laßt die Gewänder fallen, die edelsteinverzierten
o Herrinnen, bedeckt die Nacktheit mit Gefieder
ehe Kriegerhände euch für immer
auf borstige Kruppen werfen

und ihr von euren Balkonen
in Scharen auffliegt in die Höhe!

Die Pfauen schreien, hört,
nur der Vögel Magie
bietet euch Rettung!

Spätes Gebet in Hilandar

Ich weiß, jedes Volk hat seinen Anfang
und sein Ende,
es gibt nicht nur den einen Anfang,
und auch das Ende kommt nicht nur einmal,
aber meine Sünde ist: ich zweifle an neuen Anfängen
nach dieser Pest,
und ich liebe das Leiden meines Volkes
mehr als Irdisches zu lieben erlaubt ist.

Vergib mir,
ich spreche wie von Hochmut getragen
als wollte ich prophezeien,
doch auch die Propheten sprachen von Vergangenem
um im Dunkel die Tür zur Zukunft zu berühren.
Nachts sehe ich große Heuschreckenflügel,
schon haben grün sie das Meer überflogen
und die ehrwürdigen Fürsten am Fluß vernichtet,
ich weiß, wer kommt und warum
und weiß daß jedem Glanz und Ruhm
solche Schatten auf dem Fuße folgen
die sagen: genug hast du das irdische Licht
mit deinem Blut und deinen Eingeweiden genährt.
Auf diesen Ruf hin muß man selig versöhnt
den Vorhang eines andern Lichtes lüften.

Doch vor dem vorherbestimmten schicksalhaften Abschied
gib uns daß wir die Reife des irdischen Lebens erlangen,
gib uns daß wir im Erschaffenen noch schaffen,
den Frieden auch im Ungeschaffenen finden,
Zeit gib uns für die Vorbereitung auf den himmlischen Weg
damit wir nicht auf einem Seitenpfad im Halbschlaf

die Abgründe des Hades besiedeln,
denn vor der langen Überlegung im Tode
und dem langen Wirken vor ihm
gereicht auch die Auferstehung dem heiligen Geist nicht
zum Ruhm.

Deshalb erhalte uns im Fleisch, bitte,
und schlage unsere Feinde
und erhalte die klaren Quellen unseres Bluts
für noch eine Erschaffung der Welt
damit uns erst nach diesem Handstreich auf Erden
die Frömmigkeit des Himmels zuteil werde.

Klage um Smederevo

Geblieben sind wir ohne Stadt und Gesetz,
die Stadt ist gefallen.

Wir wissen nicht wo unser Land beginnt,
überall ist nur Ende.

Die Mauern mit unseren Namen sind gefallen,
fortgetragen hat sie der Fluß.

Krieger und Reisende ziehen über uns hinweg,
keiner der zu uns käme.

Schöne Städte wird es nicht mehr geben
in unserem Land.

Lange Nächte wünschen wir und tiefe Wälder,
wo man auch ohne Augen sieht.

Lasset uns singen und unser selbst gedenken,
die andern haben uns vergessen.

Und das Gesetz des steten Herzens soll herrschen
neben der zerstörten Stadt.

Stimme unter dem Stein

Einmal ward ich geboren als frevlerischer Hajduk
im Hinterhalt mein Leben zu verbringen
Schätze und Reichtümer zu zählen
und Totenköpfe im Gezweig.

Das zweite Mal arm
ward ich ein verschlagener Diener
am Sonntag mitten in der Kirche
erstach ich den Fürsten
und warf ihn den felsigen Abhang hinab.

In einem Leben ward ich als Tier geboren
und Wut kochte aus mir hervor
wie aus dem Heiligen das Salböl,
ich tötete Herden und Männer
und riß den Bäumen den Bauch auf
und sie weinten so lange als ein Jahr ist.

Am Ende jeder Geschichte
gab man mir die Fürstentochter zur Frau
und das Reich
(hier und da herrsche ich noch).

Erst als ich mit den Bächen zur Welt kam
heiter und von den Vögeln umarmt,
erstarben meine Gedanken
und versteinert blieb ich
der Erde in der Kehle stecken
und ward nie wieder geboren.

Der Verweser beschwert sich über die Ketzer

Was wollen diese Verrückten,
wozu die ganze Kabale,
als könne das Reich auf Erden
besser sein als es ist.
Sie beunruhigen mich unnötiger Weise,
ich bestrafe nicht gern,
doch wegen derer die größere Gerechtigkeit wollen
habe ich Ärger und schlaflose Nächte.

Schwachsinnig und dreist
aber mit welch erhabener Geste,
schreien sie mitten in der Stadt wie Apostel.
Warum machen sie aus unserem freudvollen Glauben
etwas Finsteres und Strenges
scheren sich um nichts Schönes,
beweisen jedem daß er im Unrecht sei
und selber bereuen sie nichts.

Sie haben auch mich aus dem Takt gebracht
Scheusale die sie sind, klebrig wie Friedhofsschaben!
Die andern wollten sie mit Rasiermessern behobeln,
bei Sonnenuntergang verbrennen
und ihre Gebeine in der Mühle zermahlen,
aber ich bin stark im Handeln:
ich befriedete ihre Hitze mit einem Stein auf den Scheitel
und sagte: genug Blut ist geflossen,
geht jetzt schlafen, alles zu Bett.

Aber diese neuen Toten sind nicht schläfrig:
sie bespritzen die Häuser mit roten Fontänen
und während die Wächter sie tragen

irgendwohin vor die Stadt, tropft von den Dächern
blutiger Schleim, wenn man sie aber tot aufhängt
rötet sich das Laub der Bäume wie im Herbst,
verfluchte Hexerei – der Beweis ihrer Schuld.

Mir dagegen nichts als häßliche Träume:
wie ihnen die Vögel die Sehnen strecken,
und sie lebendig und rot, bis zum Gürtel im Fluß
ragen hervor wie Frösche, und über ihnen spricht
mit schwarzem Bart
jemand mit einer Violine in der Hand:
der ist mein Bruder
der meinem Willen folgt!

Aber das hat mir niemand gesagt!
Warum treibt man mit mir Spott?
Man schickt mir den schlimmsten Verbrecher,
und später sagt man: das war ein Bruder, ein Gerechter
und gestellt wird die große Frage
warum ich ihn habe hinrichten lassen,
nur damit ich verliere
die Gnade des Kaisers!

Den Ketzern glückt alles
auch als Toten,
mir bleiben die Hofintrigen
und schwere Schelte des Himmels!

Zwistigkeiten

Fragt mich nicht warum ich allein
auf dem Pferde durch die Felsen irre,
jeden Tag vergesse ich ein Wort mehr
und jede Nacht verliere ich einen weiteren Stern
und jeden Morgen fliehe ich durch eine andere Tür
aus meinem Haus, fliehe aus meinen Wurzeln.

Gekreuzt haben sich Winter und Finsternis,
unter scharfen Steinen suche ich Schutz
in Reichweite der Schlangen und Löwen,
bis an den Hals reicht mir der Schnee
und mein Pferd versinkt im unterirdischen Fluß,
ich bin die Lunte unter dem Deckel
ich brenne im Frost zwischen zwei Schlachtplätzen,
und will das Loblied auf die barmherzige Mutter hören.

Aber niemand singt mir auf dem Weg,
die Kirchen überwintern auf dem Grunde der Seen,
und nachts sehe ich ein böses Feuer
auf dem Gipfel des Velebit
zwei Henker hauchen in die Hände,
sie wollen mich ganz verbrennen,
bis zum Samen.

Seht wie die Feuer brennen
auf dem Gipfel des windigen Berges
und fragt mich nicht warum ich allein
auf dem Pferd reite fern meines Dorfs
und Heilkräuter sammle
für viele verwundete Brüder und mich selbst.
Auch ich werde einst aus dem Steigbügel steigen

wenn die Posaune ruft von den weißen Burgen
wenn die Feuer erweichen, wenn die Schlangen bereuen
und der Bruder den Bruder umarmt
im Herzen des Feuersteins.

Rückkehr des Sängers auf die Erde

Wie aus einem kalten Brunnen
aus dem man klares Wasser schöpft
erwachte der Sänger lange
und spürte seine Knochen wachsen.
Er blickte in die Sonne,
streifte ein wenig den Schlamm ab
und hörte veränderte Sprache,
da dämmerte es ihm:
er erwacht nicht aus dem Schlaf,
sondern steht aus dem Tode auf
wie ein großer Fisch aus dem Wirbel.

Gut, sagt er, wenn jemand es so will
daß ich mein Land noch einmal sehe
und die Obstbäume meiner Heimat,
mache ich mich auf den Weg!
Da der vertraute Körper der Felswand
und die Bewegung des Flusses der stürzt
aus dem Wald bis in die Schlucht,
die Sonne strahlend wie nie
die Burgen hoch, jede Menge.
Da endlich meine gesegnete Heimat,
es gibt keinen Krieg mehr, keine Seuchen,
aber ich sehe keinen Landsmann,
nirgends einen Bekannten,
ein paar Witwen kommen auf mich zu,
Töchter vielleicht meiner einstigen Kinder,
sie jammern wieder über Feuer und Haß:
es gebe kein Dach mehr im Dorf,
keinen Obstgarten ohne Grab,
keine Brotkrume auf der Tafel,

und es fiele, sagen sie, grauer Regen
schon mehr als ein Jahrhundert lang.

Der Sänger vom Berg hebt an zu singen:
warum habt ihr euch diesem Glauben ans Weltenende anvertraut,
da doch die Sonne heiter strahlt
und herrlich sind die Häuser für des Menschen Sohn,
Türme aus Marmor und Dächer aus Erz.
Den Topas des Mondes auf der Stirn
o Schwester, seht ihr denn nicht das
was der Mensch bei seiner Rückkehr aus dem Tode sieht?

Nächtlicher Spaziergang des Königs Stefan Dečanski

Die Baumkronen bröckeln im Wind
während die mir anvertraute Herde schläft,
gehe ich spazieren in der Stadt,
Mantillen bauschen sich im Himmel,
ich gehe im Sacktuch des Bettlers,
voller Schrecken auch die Winde,
das Schwarz ist im Schwung,
was wird aus meinen Knochen werden,
Fäulnis?
oder heiliges Gebein!

Varlaam ist tierisch. Darüber morgen.
Man sieht das Verhängnis auf der Stirn unserer Sterne.
Ich werde traurig. Warum jetzt, Luder,
geh mir aus dem Weg – du weißt daß ich nicht sehe,
meine Kirche schmilzt, vor Wonne,
es gibt keine Sonne,
die Hexen fressen mich langsam
und die Mutter reißt mir das Herz aus dem Leibe
                                        und der Sohn.
Andronikos, was ist mit dem Christenhorn?
es wird kleiner,
                                        erlöse mich von dem Bären
und vergib, das ist würdig und recht.

Jawohl, Lichtbringer, ist es wahr
daß die Waisen überleben werden?
Ihnen hinterlasse ich ein Goldstück
mit meinem Antlitz
während sie schlafen auf dem Hüttenboden,
Almosen entscheiden über unser Schicksal.

Die Tante beleuchtet mich mit einer Fackel,
ich gehe bergab und lege mich quer auf den Weg:
ich reiche mir selbst die Hand,
aber es nützt nichts, ich gehe fort, ich kann nicht helfen.

Helfen!
In den Lüften prügeln sich Zöllner,
byzantinische Prinzessinnen schaudern zurück,
sie wollen uns nicht heiraten,
Sohn, geh nicht zugrunde,
die Zeit fürs Heldentum ist vorbei,
jetzt beginnen die späten Stunden,
sieh den Mond wie er dunkelt!
Es gibt für Schafe keine Hirten!
Untaten!
                                        Seelenverwandter,
dein Loblied soll herrschen,
übernimm alle Menschen gemeinsam!

Ahnung des Endes
1969

Über ein kleines Volk

Einem kleinen Volk muß man helfen.
wie einem Geisteskranken, nachts, auf der Brache,
seine Augen sind hell, die Sprache erhaben,
aber er kennt den Weg nicht. Stehenbleiben soll er.
Brot und Salz muß man ihm geben,
das Konzil der Bettelsänger einberufen
und schnell beginnen mit dem Bau
                                        eines schönen Hauses.

Selbst der Maulwurf hat bessere Dächer
als ein kleines Volk das sich reibt an der Mauer
wie am offenen Feld.
                                        Also sammelt die Späne der Wörter,
rauft Haare vom Kopf, und Federn oder Gras
für das Nest über der nackten Larve
sie fände Schutz vor dem Wind
sie wüchse unerreichbar für Schnäbel und Regen.
Alles was sie haben werden die Dichter geben
und alle die malen, alle die denken:
ihre Rippen für die Errichtung der Stockwerke,
ihre Pupillen für die Fischteiche im Park
und ihre Knochen um sie hinzuhalten wo es kracht.

So wächst der Turm,
man sieht ihn schon von weitem, wenn es tagt –
er funkelt, sirrt und singt
jede Fensterreihe mit immer neuer Stimme.
Reisende von fern halten hier, staunen
wollen das Volk sehen
das diesen Bau errichtet hat
und rufen, es solle erscheinen.

Wenn sie näherkommen sehen sie einen Knaben
tot auf dem Boden des Turmes liegen
mit einem betrunkenen Lächeln auf dem Gesicht
und mit einem großen Geschlechtsteil.

Stimme aus dem Halbdunkel

Neue Gesetze werden geschaffen
eine Gesetzgebung des Halbdunkels
die von Mund zu Mund geht
um den Feigling abzuhalten vom Verrat,
vor Heldentum den Helden zu retten.

Die Lehre dieses Ratgebers ist leicht,
zum Beispiel:
bleibe nicht zu lang am gleichen Ort,
bewege dich, wechsle, zieh um, weiche aus
oder man wird denken
dein Standpunkt sei fest,
und kommen damit dich die Werwölfe holen.

Ferner: nicht so viel essen.
Sorgt euch nicht um Nahrung,
sonst wird euer Schatten noch schwärzer
und größer die Masse der Finsternis.

Und man darf der Nachricht nicht glauben
es käme von irgendwoher mehr Licht,
naiv ist wer über diese Nachricht jubelt,
von einer Seite der Kanalisation auf die andere wechselt
und freudig die Hand hebt; sie alle werden erblinden,
werden zu Baumreihen erstarren
im lügnerischen Tagesanbruch.

Das Grundgesetz der Schatten:
halte dich entlang der Mauer, geh leise,
nenne niemanden beim Namen
und hüte dich vor Gebäuden die nachts arbeiten.
Ein Schatten füge keinem Schatten Schaden zu.

Wer unbedingt sprechen will
der ziehe sich noch tiefer ins Dunkel zurück
und spreche dort alles aus,
nur solche Rede rettet sich aus dieser Zeit
und wird zum Symbol.

Altweibersommer

Was die einen *Indian summer* nennen
die andern Altweibersommer,
geschieht diesen Herbst:
es reihen sich die schönen Tage
und das gelbe Laub fällt nicht vom Zweig,
alles dauert rund und reif,
auch die Frauen altern nicht, siehst du,
die Laster sind süßer als voriges Jahr.

Das Ende dieses Sommers kennen wir aus der Geschichte:
der Überfall kommt – der barbarische Winter,
es platzen die Häuser, Ohren erfrieren
und die äußerst strenge Reinheit stößt vor.
Böswillige Köpfe hinter der Ecke warten nur
daß die Sonne untergeht um Gericht abzuhalten:
gerichtet wird alles, die Wolken, die Kinder
auch der Richter dessen Hals
in derselben Schlinge steckt wie der des Henkers,
auf der Straße werden Menschenmengen sich beißen
und Leichen von der Brücke werfen
eingewickelt in Zeitungspapier
auf daß sie Schulter an Schulter schwimmen
mit den Eisschollen, wer weiß schon wohin.

Und dann die neue Wende, Frühling!
Im warmen Regenschauer
eilt der strahlende Erzengel auf uns zu
wie ein elektrischer Bogen, zischend im Dunst
das Zeichen in der Hand: Schere oder Waage
und auf dieses Zeichen werden junge Menschen
aus den Kellern, Mädchen mit herrlichen Brüsten

und Knaben mit schlanken Fingern
(alles Nachfahren der Bluthunde und Denunzianten)
auf die Blumenwiese heraustreten und den Reigen tanzen
und schweigen von dem was war
voriges Jahr.

Freut euch deshalb heute des Altweibersommers
und feiert das gelbe Blatt
das nicht vom Zweig fällt.

Ahnung des Endes

Man droht uns von allen Seiten
im Namen des Vaters und des Sohnes
man droht uns mit der Sintflut
die direkt hinter dem Berg steht
wie ein Riese aus Schleim,
und mit Hunger
gegen den kein Kraut gewachsen sei,
man droht auch mit einem schrecklichen Überschuß an Nahrung
(welch eine Zukunft!)
und mit einem Andrang von Wein.
In Kardinalsrot
schreiten sie nachts durch die Wohnung
und suchen nach den Schaltern
für alles was leuchtet und wärmt,
sie halten lange Predigten
die wenig bedeuten,
und berufen sich nur auf die Posaunen
die am Himmel lauern
wie die Geschütze auf Kriegsschiffen.
Man droht uns von allen Seiten
mit Schlägen und schrecklichen Träumen,
oh, auch unsere Träume sind mit denen!

Aber die Drohung dauert zu lange,
schlagt endlich zu, oder Schluß!
Man sieht bei uns den Widerstand wachsen
und jetzt ist in seiner Ecke
zu sterben den eigenen Tod, mutig und langsam.
Schlagt zu!
Unsere Knochen werden zu Metall
und tönen wie Glocken,

den Herrschern den Verrückten und Langsamen
geben wir die Drohung zurück
mit dem Schrei vom Berge Zion!

Opfergang
1971

Beginn des Gedichts

Eine Frau durchschritt mit mir den Fluß
bei Nebel und Mondschein,
durchschritt an meiner Seite den Fluß
und ich weiß nicht wer sie ist.

Wir wollten ins Gebirge.
Ihr Haar war lang und gelb,
ihre Hüften nah beim Gehen.

Verlassen haben wir Gesetze und Verwandte,
vergessen den Geruch der elterlichen Tafel,
unverhofft umarmten wir einander
und ich weiß nicht wer sie ist.

Wir kehren nicht zurück zu den Dächern der Stadt,
hier in der Hochebene werden wir leben unter den Sternen.
Armeen werden uns nicht finden,
auch nicht die Adler,
doch ein Riese wird herabsteigen
und sie lieben während ich den Eber jage.

Und unsere Kinder werden in langen Gedichten
erzählen vom Beginn dieses Geschlechts,
das Flüchtlinge ehrt und die Götter
die den Fluß durchschritten haben.

Entlang des Rheinufers

Im Klang ist alles nahe, der Herbst,
Früchte zuhauf, gleißend der Fluß,
der Himmel wird fallen, gedunkeltes Obst,
alles soll sich nähern;
die Frucht umarmt die Frucht,
die Frau den Mann, umgeben von klarer Sicht
als betrachteten wir uns selbst aus dem Himmel.

Durchsichtige Körner verschmelzen,
Vereinigung ist Sprache, die Zweige sind Liebe
und die Lanze des hl. Georg die durch die Weinberge jagt
im Körper des Drachens wie in einem alten Boot,
öffnet die Wunde um gewesene Menschen zu gebären.
Und vergessen wir nicht den Klang: Kinder singen
an der Klostermauer, in Angst
vor der eigenen Stimme die so mächtig ist.

Sommer ist, alle lieben sich gräßlich
wie die Vierzig Märtyrer auf dem Eise
so nackt und vor Wollust verrückt,
aber ich
der ich das ganze Menschengeschlecht gesehen habe
wollte nur dich.
Wir schlendern weiter ohne Scham
bis zu dem Klavier mitten im Feld,
du lachst, das Klavier ist größer als der Acker
und ein Adler spielt auf ihm
ein Lied von dem die Berge sich öffnen
und die alte rote Ernte in die Höhe sprudelt;
das offene Grab beschienen,
ein Aufruhr vieler Sonnenuntergänge,

ein Jemand streng und zahm schaut uns an,
der Frühling vielleicht, herrliche Frau,
oder ein verwundeter Gott,
sie werden uns führen, wohin wir sollen
oder uns sagen, wir sollten unten bleiben, nahe dem Wein.

Amiens

Wieso denn nicht, auch ich werde
heute nacht mit der Königin schlafen.
Ich kam in ihre Stadt,
trat auf ihren Platz und bestaunte den Körper
der größer ist als der Umfang eines Traums;
ich wußte daß im Leben
auch dieses Glück mich finden würde.
Ich kaufe eine Zeitung und stecke mir eine Zigarette an,
suche dann ein Hotel in der Nähe.
Ich öffne das Fenster und sehe am roten Himmel:
in ihren Haaren Flügel, überall hängen Glocken,
und ihr Körper wächst, ein Vulkan süßer Stacheln.

Auch wenn es vor den Kopf stößt,
diese goldenen Hände wollen berührt sein!
In ihren Blick will ich hineinsehen
auch wenn ich mühsam
die Außenseite des Traums erklimme.
Alles ist glatt, sie empfängt mich
und legt mir den Arm um den Nacken –
ich sage: wir haben noch nicht zu Abend gespeist,
und das Essen hier ist gut,
aber schweige blaues Teutonenauge
und die Betten reichen bis an die Nordsee.
Im Traum schlafe ich ein zweites Mal ein, sie geht,
das Schweigen verdoppelt sich.

Ich wache wer weiß wann auf, sehe den Stein beschienen,
den Morgen, meine Straße leer, ich breche auf:
im Traum bin ich Bettler geworden

und habe im Hotel die Schuhe vergessen,
mit dem Auge kann ich ihre Schönheit nicht erfassen,
barfuß, in der großen Hoffnung sie einzukreisen.

Chartres

Ich wünschte mir, Tochter, dich in den Tempel zu führen,
und daß die Hohepriester uns entgegenkämen,
reuig, gerührt, im Schatten der Säulen,
und daß, während dich das Volk und die Zeichen sieht
über deinem Scheitel die Taube des Lichts erschiene.

Doch einmal ist das bereits für uns alle geschehen.
Jetzt geht der Mensch von Tempel zu Tempel
und sucht Erinnerungen, doch die ändern sich schon,
halten Versammlungen ab, führen ihre Schlachten
von denen man wenig weiß: du siehst,
naiv wie Puppen sind die alten Könige,
Lämmer werden gemästet im ewigen Tau,
ins Zeitlose gesetzte Rosen
sind immer größer, bis ins Gespenstische üppig.
Das Gras auf dem niemand weidet
rötet sich und hängt von den Mauern
wie das kostbare Kleid eines Wunderkardinals,
nur Gott am Altar ist kleingeblieben
und, wie man sagt, dürr wie eine alte Seidenkapsel.

O ewiger Tau im Glase!
Und die Wüstenströme im Marmor!
Die Skelette, gekleidet in Blau
verbergen die Gelenke, sterben in lebender Scham.
Du betrachtest die Reiter, den Zug der Wache,
und den Wind der Verwandlung, der nach innen zieht.
Schatzkammer des Spielzeugs! frostige Hexerei
und eine Entdeckung:
du bist nicht mehr Tochter, sondern Frau
(immer bist du Frau gewesen),

der Brautschleier fällt dir über den Kopf
und die Rosen ändern ihren Duft, nächtliche Abgründe riechen.
Von der grausamen Leidenschaft leben die Krieger auf:
vergiftet sind die Lanzen, die Wunden auf den Bildern
schmerzen –
erst als Frau leidet man wirklich,
und die Kapsel in ihr erwacht als Keim
der strahlt.

Die Alpen

Wir gingen, gingen bergauf
in die Höhe, in den Glanz, den tauben Winter
und steckten die Hände in den Pelz
auf der Suche nach der Grenze zum bisherigen Dasein
auf dem ein müder König sitzt vor einer Krone aus Eis
die schmilzt und ein faltiges Gesicht herabrinnt.

Faltiges Gesicht – ferne Felsen,
Mauern von Riesenfabriken
aus Zeiten vor der Sintflut des Sinns.
Benötigt unsre Eingeweide noch
der Wind der in die Wangen schneidet
und die hohe Flotte (sieh die Masten und Segel)
die letzte Bücherstapel darbringt
den Göttern zum Gespött?

Oder werden ganz neue Häfen gebaut
für Regenbögen und die wahren Schönheiten
die wir als erste retteten,
als Bettler am Stadtrand
die wir den Feuerüberfall als erste sehn?
Oder sind wir endlich in der Zwickmühle
daß nachts wir die Absolution der Sterne empfangen
um anderntags auf die Märkte der Stadt
die unbehauenen Waren des Wunders zu tragen?
Gehen wir weiter.
Uns auf den Fersen
atmen die Gipfel der Gebirge.
Die Liebe, zerstörerische Flucht in die Freiheit,
hat Blut geleckt am Raum
und wird zu menschenloser Leere.

La Rotonda

Du hast gesehen, in der Gemeinde ist man böse
wenn zwei sich übertrieben lieben, und es stimmt:
während wir umherirrn, denken wir nicht viel an sie.
Schwefel folgt uns als Geruch. Sodom,
fliehn wir in die Berge. Dort ist schon Lot
mit seiner Tochter, beide riesig,
schamlos dem Himmel geöffnet.
Sie nahmen uns den Platz. Auch ihnen geht es nicht schlecht.
Ich frage mich wer sündiger war: die abgebrannte Stadt
oder er, der gar nicht mal so alt war?

Wir gehen von Land zu Land, aus einem Kreis in den nächsten
und suchen ein Haus, finden zuweilen eine Säule
und Dämme der Schönheit, und unser Neid wächst
denn schöne Gebäude stehen für uns nur von außen;
wir lieben uns heimlich auf dem Dachboden im Traum.
Muß man die Liebe zu Markte tragen?
Nein, das können nur ehrliche Sünder
und verrückte Greise und Mädchen stark wie Feuerstein.

Geh aus dem Weg, Lot, und nimm deine Frau in die Arme
und kehr nach Sodom zurück, diese Stadt ist immer heil!
Laß uns Unschuldige auf dem leeren Berg
die Säule einpflanzen, die Kuppel errichten
bevor Adam stirbt;
wir gleiten den Spiegel hinab, wir müssen,
ins Dunkel unseres Fleischs, in die nackte Nacht!
Bewege dich nicht, Frau! Ich weiß nicht von wo es tagt.
Ich sehe nur die Spitzen deiner Brüste
die Luft durchstechen, und gekreuzte Lanzen:
Schlachten um uns her, die Gemeinde ist wütend,
vor Tagesanbruch müssen wir zu Hause sein.

Salzburg

Die Glocken läuten. Laß sie läuten,
wir steigen vom Berg hinab in die Stadt.
Was ist das, ein Großbrand, eine Hochzeit,
oder wieder ein Jüngling am Kreuz?

Bleib stehen, Vogel (entschuldige: Frau),
sieh, die goldenen Altäre ziehen in den Wald.
Dämmerung, wir beide auf dem Dach des Berges
auf den Eichenwipfeln stehen, in der Blüte der Erinnerung,
sehen unten im Winter
den Nebelsee, die flache Hand des Erdenschicksals.

Rückkehr. Unter uns viele Kuppeln,
ist das Ohrid, Thessaloniki, sind es Wohnungen
ungeborener Kinder in Türmen, von Tauben umkreist,
mit hingegebenem Gesichtsausdruck?
Winter, abschließender Weg durch die Nacht,
mit uns landen Schiffe über der Stadt
(ist hier im Dunkel ein Hafen, in der Höhe?)
und die Schiffe läuten, fluchen, keine Fahrgäste,
denn auch wir betreten wieder festen Boden.
Wir haben die Liebe empfangen und senken den Kopf
und das Herz,
in der Umarmung zahlen wir auch eine fremde Schuld zurück.

Schon schneit es. Was ist im Schnee der Mensch?
Oh, ich liebe auch deine Gebeine!
Wir gehen durch die Stadt an vielen Gesichtern vorbei,
doch andere Gesichter rufen von dort
von den heiligen Mauern im Süden,
siehst du, jemand weiß von uns

und wir sind immerdar.
Uns hält eine strenge Hand
zu leben nach dem Gesetz des Paradieses.

Tavant

Hier ist für uns die Hütte, Freund,
Schutz für zwei, in Milch getaucht,
von Fenster zu Fenster verstärkt sich das Licht,
siehst du, unsere Höhle ist die weiße Armut,
verlange man von uns keinen Schritt weiter
von diesem Heuschober über der Sonnenbahn.

                                   Zeit ist fürs Frühstück.
Durch das Tal streifen heitere Silben.
                                   Vor uns die Engel
tanzen im braunen Gewand
mit dem Wesen das in der Apsis steht.
In der Krypta erwachen fröhliche Zwerge,
legen Matrosenblusen an
die Arme gespreizt,
Pinsel tunken ein in das Blut an der Mauer.
Wahrlich, so male und schreibe,
ohne die Eitelkeit eines Schatzmeisters,
bei Tollkraut und Tanz.

Noch ein gleißender Strom
hebt die Kirche höher,
ein neuer Tagesanbruch,
und was geschieht jetzt, im Boot;
mit uns eingeschifft haben sich Johannes und Paulus,
Jonas und Daniel,
sie erzählen von ihrer Europareise,
trinken den Morgen wie Milch
und steigen aus.
                                   Wir bleiben völlig allein
wie Totengräber.

Du wirst sagen was weiter war.

Besuch beim hl. Trophime in Arles

Ein Stier geht über den Markt, es ist Mittag,
zwei schwarze Hörner – zwei Zeiger,
bitte, ich bin dieser Ankömmling,
                    man reicht mir Brot und Blut,
ich bin fromm, weiches Fleisch,
                    mit sendet die Synode,
unterwegs betrachte ich die alten Sarkophage
und unsern Gott in einer Weizengarbe,
er der sich um den wahren Regen kümmert.
                                        So sei es.

Mädchen flechten ein Lied
                    ich nahe dem Stein,
die Herren treten auf mich zu,
                    es kreuzen sich die Hörner,
ich gehe durch den Schatten der Glocke,
                    alte Gelüste in mir.
Man bietet mir eine Säule, den Hund aus dem Felsen,
das Lächeln des Mädchens in der Blume des Steins.
Liebst du den Ölbaum?
                    Viele Pferde habe ich gewechselt,
das Kreuz schmerzt und ich überbringe den Gruß,
                    wißt Ihr was slavische Brüder sind?
Sie treten umarmt auf die Lichtung hinaus
                    und die Treppe stürzt ein,
das Blockhaus brennt ab und eine blutige Grube tut sich auf
wie eine umgestürzte Kuppel...
Gruß von Vladislav, Ninoslav,
von Rastislav und von Gojko.
                    Prächtig steht Euch die Mitra
und der Hirtenstab.

Bleibe bei uns!
O kennten wir doch alle dieselbe Botschaft!
Bei mir schlagen sich die Toten, lieben sich Kinder,
ich muß zurück, ich küsse dir die verdorrte Hand,
und richtig ist daß du über der Erde schwebst
auf dieser herrlichen Säule.
O ich liebe diesen euern Stein,
hütet das Portal vor den Erschütterungen der Hölle.
Dank für den Wein,
kommt doch auch einmal zu uns,
unser Lied ist ein schöner Schrei.
Wie du uns findest?
Geh von Morgenrot bis Morgenrot,
von Tagesanbruch bis Tagesanbruch.
Auf Wiedersehen.
Auf Wiedersehen beim Jüngsten Gericht!

Helle und dunkle Feiertage
1971

Das Buch über das Sakrament

Ich sitze auf dem Klosett
und lese ein Buch über das Sakrament.
Während ich mich in mich zurückziehe
kommen mir die Geheimnisse näher,
und die Einsamkeit. Von überall her rauscht Wasser.
Auf den Kacheln Tau.
Reinlichkeit ist alles auf der Welt,
und die Reinigung beginnt auf der Toilette.
Wer ist eigentlich stärker
der Dämon der uns beschmutzt
oder Gott der uns wäscht?
Erhaben ist schon unter der Dusche zu stehen
und umgeben von blitzenden Kacheln
dem Chor der Wasserrohre zuzuhören
der eine neue Musik singt.

Was bedeutet es für ein stummes Geschöpf
ob es getauft ist oder nicht?
Ich weiß es nicht, mir fehlt die Kenntnis
Hosiannah dem der sich des Geheimnisses nicht schämt,
und das ist das Wasser!
Überhaupt alles soll weiß werden und nüchtern,
ich bin für ein Abendmahl ohne Wein,
für Leichtigkeit, für einen Körper ohne Hunger.
Ich lese die letzten Zeilen des Buchs über das Sakrament
unmittelbar vor dem Bad.

Abstieg in den Limbus

Hier sind wir und der leere Raum,
im Leeren weiß man nicht genau wo man ist,
und den Raum versuchen Tiere auszufüllen:
sie werden immer größer,
ihre Skelette wachsen,
lange Felle schleifen über den Boden
und Wind zaust ihre zottigen Köpfe –
Blasebälge schüren den Brand
der letzten menschlichen Gebäude.

Ungeheuer taumeln,
man kennt ihre Spezies nicht,
verschüttetem Öl sind sie ähnlich,
ihre Riesenzungen sind wie nasse Wäsche am Körper
und über allem die Tinte analphabetischer Finsternis.
Wir wundern uns daß unser Blick noch erkennt
und uns rät Schutz zu suchen unter der Erde;
es ist nicht gerade ein Krieg, aber komm, kriech
hinab zu dem Ungeziefer von einst
das uns jetzt heiter und gesittet erscheint
im Vergleich ... alle Vergleiche sind gefallen
und jedes Auge schielt.
Wer weiß wo die Tür ist?
Das Göttliche schickt eine letzte Botschaft
durch die tiefe Finsternis.
Diese Botschaft dringt nicht mehr durch
nicht mal wie ein Messer in unser Herz, wehe!
Aber dort am Ende des Saals, sieh doch,
öffnet sich ein Türchen vor dem Mauseloch
und ein kleines Licht und ein kleines Geschöpf
wollen mit aller Kraft vordringen zu uns!

Es komme dieser kleinste Erlöser,
diese Maus am Horizont –
unsere große Hoffnung!

Der Dichter steht aus der Erde auf

Winde wehten durch die Erde
und durch die Maulwurfbaue,
tiefer als jede Sonde reicht,
unter den Füßen wuchsen
Schichten von Klängen
und der Musik platzten die Kerne.
Am dunkelblauen Himmel sah ich
den Umriß meines Körpers mit einem Katzenkopf
in einen Hafen fliegen
während mein eigener Kopf noch hier war
unter der Achselhöhle.

Dann warfen sie über uns Netze
voll Mondschein und Stromstößen,
sie zerrten uns Tote an die Erdoberfläche,
stellten uns kerzengerade auf die Füße,
aber wir rührten uns kaum;
schwer einzuspannen ist der Mensch in neue Formen.

Um uns zu erwecken
erfüllten sie uns mit allzu viel Kraft,
jetzt leuchten wir wie Glühbirnen
während wir über morgendliche Felder gehen,
und im Gehen banden sie uns
Gliedmaßen, Gesicht und Rumpf zusammen
und steckten uns Blumen in die Hände
als seien wir nicht Auferstandene sondern Päderasten,
all das nach einem fremden Willen.

Es war also nicht bloß ein Märchen
diese Auferstehung von den Toten!

Wir schütteln den Schlamm ab und warten auf den Appell
in der Hoffnung, jeder könne gehen
wohin er will
zu seinen Verwandten oder spazieren.
Aber die Engel bringen uns heißes Wasser, Bürsten
und sagen: los jetzt, wascht Berge und Täler,
bereitet einen reinen Weg
dem Herrn der euch aus dem Tode zurückrief!

Also wie bei der Armee;
Diener bin ich geworden!
Dabei war ich zu meiner Zeit als Sterblicher unbeugsam
und niemand konnte mir Gehorsam beibringen,
dafür hoffte ich auch heute noch
auf große Ehren und eine Belohnung
als der Erzengel mich
bei meinem Namen aufrief!

Sobald sich der Sargdeckel senkt

Gelogen haben jene, die da sagten
daß nach dem Tode nichts mehr sei,
wie auch die, welche von Erlösung sprachen:
sobald sich der Sargdeckel senkt
hört man ein Pfeifen
und sie fangen an dich mit Fäusten zu schlagen von rechts
und dich zu würgen von links.

Danach schieben sie dich an ein graues Meer
und lassen dich zappeln und schwimmen im Moder,
zum verzweifeln ist die Öde unter den Kuppeln,
du sprichst die Namen die du eingeübt hast
im Religionsunterricht oder auf dem Krankenbett,
aber es kommt kein Echo, niemand kennt sie!
Und du begreifst: weder die Erlöser
noch irgendwer auf Erden
ist bis jetzt zu diesem Abgrund vorgedrungen.

Außer dir.
Und das hätte nicht unbedingt sein müssen.
Während du pausenlos schwimmst
stürzen dir verschiedene Lichter auf den Rücken,
und die Strömung trägt dich durch Räume
wo nur Farben sind die du nicht verstehst,
und die Zeit verstreicht.

Jetzt erfindest du also einen neuen Glauben ohne Vaterunser,
diese Anstrengung taugt aber nichts,
es geht nicht um Gnade oder Sünde –
die Antwort steckt einzig in der Bedeutung der Farben
von denen du keine Ahnung hast.

So eine Schande!
Fehlschläge im Leben sind Nichtigkeiten
gegen deine jetzige Verlegenheit
obwohl du für die Überfahrt voll bezahlt hast.
Was wird jetzt mit dir geschehen
der du auf dieser Fahrt nicht einmal a sagen kannst?
Mitten im Tode stehst du da wie ein Idiot!

Patmos

I

Aus der gelben Zitrone wird Schwefel spritzen.
Die zerbrochenen Säulen werden ihre Glieder heben.
Auf ihnen obszöne Frauen
endlich im Zentrum der Aufmerksamkeit aller.
Die Hirtenhunde werden die Masken ablegen
und große Zähne zeigen und die Kaiserkrone.
Aus den Kiefernwäldern werden glühheiße Vögel geflogen kommen
und Riesen werden die armen Ozeane treten.
Jungfrauen mit Mondköpfen werden sich herabsenken
eine giftige Mitra in der Hand
und sich mit heißen Feuerzangen unsern Augen nähern.
Oh, auch die Pflanzen werden ihre Drachen losbinden.
So steht es in deinem Buch geschrieben.

Den Zirkel in der Hand. Dein Haar ist grau.
Hirsche siehst du auf den anderen Planeten
wie sie das Geweih ins Weltall recken;
nichts wird dem tierischen Freund geschehen,
die ganze Pest ist uns gesandt!
Sag auch noch dies: das Ende ist nicht das Ende des Endes,
am Ende öffnen sich die Tore der Stadt
in deren Heiligkeit kein Tempel mehr steht.

II

Stille!
Damit die kommenden Zeiten noch besser zu sehen sind!
Auf der Insel die du bewohnst, sehen Kaiser dich an,
warten auf deine Zeichen,
die Künstler behalten deine Tränen im Gedächtnis.

Von Zeit zu Zeit erscheint er, der dich vertrieb,
über der Höhle in zerrissener Toga,
er winkt dir, du sollest weiter verschwinden
und jeden Sonntag senkt sich aus der Wolke eine Hand
zum Händedruck mit dir.
Niemand hat das Gesicht dieses Besuchers je gesehen.

Alle sollen nach deiner Feder schreiben.

Du warst ein schlanker Jüngling, Efeu an der Hüfte des Morgens,
jetzt ist dein Rücken breit wie Gesetzestafeln
und deine Brust klangvoll wie eine pythische Ode,
deine Schultern sind der abgesprengte Fels über Delphi.

Vertrieben und privilegiert bist du im Garten.
Die Asche deiner Muskeln riecht nach Dem Wort.
Du hast die Metamorphosen gesehen
als Zeuge von griechischer Seite.
König bist du der Naivität.
Mit dem Bart in der Hand. Rede und Schauder strömen aus dir.
Du der du das Herz Des Bräutigams gehört hast.

Pfingsten

Auf einmal erhoben sich alle,
Fischer, Bauern, Schiffe:
am Himmel windet sich ein Reigen nackter Frauen,
auf dem Markt ein Flammenreigen;
den Geist braucht die Erde,
der Himmel – die Körper von Menschentöchtern;
zwei niegesehene Heere ziehen auf.

Die langen Haare lodern in der Flamme,
ein Übermaß an Licht im höheren Einklang:
die Löwen erwachen,
die Hirsche schreckt der Rauchgeruch,
auf der Erde trocknet das Gedärm
so vieler Tugenden.

Nur die Lippen bewegen sich:
oben der Tanz der leidenschaftlichen Liebe
im Schutz der Seligkeit,
unten verteilen Träger der Botschaft in jeder Stadt
und in allen Sprachen
kleine Stücke des täglichen Brots.

Die Menge sucht nach kühlen Säulenhallen.
Am Himmel flammen die Frauen
die Erde verheert das Feuer des Geistes;
der Docht brennt von beiden Seiten.
Wenn die Feuer aufeinandertreffen, was wird übrigbleiben?

Kettenglieder
1977

Neolithikum, hierzulande

Hier an der Donau
gibt es noch Gerste
weiter im Norden
sind die Halme hohl
alles was der Mensch kennt
trifft sich
                                        auf der Terrasse
aus dem Schlamm geboren
                                        Ernte und Krüge
über dem Gebüsch
                                        herrliche Vögel fliegen
die Menschen wechseln Rufe
vom Ufer bis zum Sumpf
sie graben immer lieber

und entdecken Schädel

Gräben

Graben sind
Vordächer, umgestülpte
damit uns
das unterirdische Wasser
nicht auf den Kopf fällt
damit die untere Sonne
nicht allzu hoch steht
während wir mit den Füßen
in bleigrauen Gewölben schaffen
sehen wir unter uns Vögel
und ernten
was jemand über uns
sät

Neolithikum II

Wir sind immer mehr
der Weg geht kreuz und quer
die Stämme werden größer
du triffst am Wasser
ein lachendes Gesicht
auf dem Baum
zwischen zwei Hütten
bei der Herde immer

jenseits des Berges das gleiche

am lautesten lachen sie
wenn sie nach unten schaun
und sehen wie die andern
erklimmen
die Leiter zum Licht

Invasion im Tal der Töpfe

Einer kommt
mit einer Eisenstange
dann der zweite der dritte
sie zerschlagen
Topf um Topf
unser Götzenbild zersplittert
Öl rinnt
umsonst hat das Feuer gebrannt
unter der Kette
der Mensch bereut bitter
daß zu zahm war sein Ruf
auch ihn wird man zerschlagen
in tausend Stücke
mit dem Stock
                                        mit dem Huf

Verwaltung

Verehrt werden muß
der Falke
auf dem höchsten Turm
der blutrünstige
Aufseher der Stadt
oder die Straßen wird
Unkraut überwuchern
und die Wasserleitung trocknet aus

man überbringt dem Falken
Köpfe damit er sie zerhackt
und eine Perle
damit er sich schöner fühlt
in seinem Haus

Der Glaube von einst

Sie fanden eine Kirche
aus einer alten Zeit
voller Grottenolme
nach dem Gewitter
auf dem Boden
                                   inmitten von Kies
sitzt ein Priester
eines unbekannten Glaubens
und schreibt

als man ihn fragte
woran er sich noch erinnere
sagte er
                                   an nichts mehr
                                   das bleibt

Altes Ritual

Alles ist geschlossen
wie umringt die Stadt
jetzt wird man Frauen opfern
die weißen
einem neuen Gott
der aussieht wie hohe Antennen
Die Hasser in weiten Gewändern
schleifen ihre Schlüssel
und stechen ein auf die Körper
die nackt sind unterm Rauch

später wird man sie beweinen
und anbeten auch

Märkte

Unter den riesigen
Warenhäusern
hört man
gibt es Gruben
in ihnen Gemäuer
graues Licht
und ein Plakat

es verweist
auf tiefere Tiefe
in ihr
ein großes Kaufhaus
hier kaufen die reichen
Ameisen
und alle Ware steht
in einem Menschenkopf
dem immergleichen

Feuer

Es kommt die schöne
　　　　　　　　und zottige Flamme
schon ist sie im Haus
man spürt
das Fenster glimmt im Dunkel
niemand will löschen
　　　　　　　　die Schwelle brennt
nur der Schatten des Hauses
　　　　　　　　erschrocken und trocken
　　　　　　　　rennt
　　　　　　　　besorgten Gesichts
die andern nehmen den Brand
als den notwendigen Übergang
zu neuen Formen
und lauschen dem Feuer
　　　　　　　　was es erzählt
　　　　　　　　vom Nichts

Neues Ritual

Beerdigungen
waren einst normal
heute siehst du erst
schwarze Prozessionen überall
vorbei an ebenerdigen Häusern
sie gehn in die Läden
fragen nach Angeboten
es versetzt dir einen Stich
wenn sie die Rechnung bringen
damit man die Beerdigung bezahlt
dabei hatten sie nicht einmal
einen Toten

Beograd 1941

Die Fackel zwischen den Beinen
fliegt das Geschmeiß
und legt Brände
an Häuser
                        Häute
                                        Friedhöfe
Bücher werden zu Blasen
die Vögel fragen sich
ob denen kalt sei
daß sie so viel Feuer legen
die Stadt erwirbt
ihre Ruinen schnell
die Bäume fassen sich an den Kopf
wer wagt es und nimmt
die Apokalypse
in seine Hände

Die letzte Stunde

Alles bleibt stehen
umsonst zieht man die Uhren auf
am Markt
niemand geht aus
nichts kommt heraus
nirgends ein Zeichen
ein Handwerker kommt vorbei
und fragt
was repariert werden soll
unten an der Mündung
berichten die Kapitäne
die Sonne
verkehre nicht mehr im Hafen
auch die Boote
ziehen sich aus der Affaire
wer bleibt bei uns?
nur die Photographen

Einzug in Cremona
1989

Die Erschaffung der Welt

Wahrlich, man kann behaupten
jeder von uns sei zugegen gewesen
bei der Erschaffung der Welt
jeder habe die Trennung der Materie verfolgt
und die Ausgießung des Geistes über den Körper,
sonst gäbe es uns gar nicht.

Etwas anderes ist, warum daran niemand
eine Erinnerung hat außer
der Tatsache des eigenen Daseins.
Vielleicht war am Anfang das Unwissen,
aber die Welt ist aus Unwissen
schön ausgefallen, und um nichts weniger

Erhaben, erhabener als sie geschaffen hat
der große Sachverstand der Gottheit,
wie es anscheinend sein mußte,
obwohl den Anwesenden vieles verborgen blieb
damit ihr Verstand nicht bestürzt werde
und damit der eben erst erschaffene Mensch

Nicht sofort verlange verändert zu werden
oder umgewandelt. Alle Schöpfung ist in uns –
sie zittert und bebt
die Vision des Anfangs ist Quelle der Angst
um das was später werden wird mit
den Werten die man weitergibt

Von Hand zu Hand auf daß wir sie mehren und teilen.
Das Wertvollste in uns nennt niemand
beim Namen, noch wird es in unseren Träumen

aufgerufen; wir meinen, die Schöpfung sei
ohne Namen geblieben und ohne Atem,
wir sahen sie aber, als sie auch auf andere Weise

Geboren wurde! Wer wird seinen Platz
wiederfinden in der großen Vorstellung
als Gott an uns arbeitete
Tag für Tag? Und er war es zufrieden
Himmel und Erde getrennt zu haben
und das dichte Licht von der tiefen Finsternis,

Bevor er zurückgekehrt ist
auf seinen Thron!

Das Schauspiel der Sintflut

Wegen der menschlichen Sünden kam es zur Sintflut
unter der die Tiere der Erde leiden
und die Vögel denn sie haben nichts mehr anzufliegen,
nur die Fische bekümmert es nicht wenn der Wahnsinn
in den Augen der flüssigen Elementargewalt aufblitzt
das übrige Getier müssen die Menschen aufnehmen

auf ihrem Schiff, deshalb sammeln sie sie,
ködern, ergreifen, fangen und lehren sie
paarweise die Arche zu besteigen
und wie sie heißen. So werden die unschuldigen Tiere
gemeinsam mit den Sündern gerettet, obwohl der Mensch
nach seinen Missetaten nicht einmal gefragt wurde.

Das Feuer erliegt dem Schlag des scharfen Wassers,
auch das Licht hat keine Gesellschaft mehr außer der Wolke
bis ein Berg auftaucht und unter der Sonne des Testaments
die Ölbäume Blätter bekommen.
Die Fische bleiben unter Wasser um zu überwintern,
aus Furcht es könne eine neue Sintflut heraufbeschwören

der Mensch, dieser Prophet und Lotterbube.

Das Heiligtum von Haġġar-Qim

Unter dem Altar liegt der Same der nicht keimen darf
obwohl ihn alle Flüssigkeit umhegt,
Wärme ihm geboten wird, später Wein, Blut
und der Saum des Lichts verwandelt ist in einen Bach.
Aber das Gebet sagt: sprieße und wachse nicht,
bleibe vorläufig Grund und harte Wurzel.

Mauer an Mauer, der Tempel ist erst errichtet,
Festung die sich gegen ihren Einzug wehrt,
dann – die unfruchtbare Erde,
Irrfahrt ohne Ende, denn das Ende
ist zum Versprechen geworden, eine Form
bestimmt zum
Zermalmen, Zerteilen, Verfaulen, Zerkleinern.

Weich ist die Seele die sich Dächer wünscht und Härte.

Oder diese Ruhe wenn sich niemand mehr
um einen andern sorgen muß,
denn die Abgründe schließen, die Höhen versöhnen sich.
Statt Sattheit der Ausgleich mit allem.

Und dieser Same wird sein Haupt erheben
wenn sich auf Erden niemand mehr sehnt
zu keimen und wir das letzte Kraut zertreten haben.
Deshalb wird er gehütet, der Bote des Wachstums
wie ein Heiliger in der Larve, die Kapsel der Mutter,
keusche Hülse in der Taubheit des Gedichts.
In der Seele wird man dasselbe sehen,
über ihre Mauer werden sie in den Tempel einsteigen.

Schon steht die Mutter wie ein Turm
und der Heilige verkündet das Ende des Ruhms
des Menschen, der seinen Gott mitten im Heiligtum opfert.

Die Große Lakschmi

Daß man einer geschmückten Puppe
Süßigkeiten, Früchte und Farben darbringt
bedeutet daß die Menschen zwischen Statuen und Gottheit
nicht grundsätzlich unterscheiden
und daß es um das gleiche Modell geht
dem die Brahmanenkaste dient.

Aber das ist nur die eine Art
die uralte Gewohnheit des Opferdarbringens
in heutige Buchstaben zu setzen. Man sieht
in der Nacht von Bombay ein Strahlen
im Gesicht der Frau und des Mannes: sie selbst
sind die Herrscher des Weltalls die ihrem Haus
Nachkommen schenken, und milde Gaben dem Bettler.

Am Fuß der Treppe senkt die junge Frau
Orangen in verdorrte Hände
die im Winde schwanken wie Schlangen am Spieß.
Das ist der dritte Blick auf die Dinge:
auf der leprösen Grundlage des Seins beginnt die Phantasie
ihre Arbeit an der Schönheit, und verschenkt freigebig
ihre egoistischen Werke.

Liebende in der Kirche

Hätte Laza Kostić nicht gesungen
Santa Maria della Salute
jenseits des Großen Kanals,
schriebe man ein Gedicht auf das Bild
der Heiligen Barbara in der Kirche
Santa Maria Formosa.

Sie verbindet Jugend und Reife,
den Sieg mit dem Palmzweig und das Rad
der Qualen statt der Aureole: Qualen
die der Erlösung voraufgehn, oder die
die Erlösung begründet haben.

Ein Schauder überläuft den Körper, Vorzeichen
der Leidenschaft, und die Liebenden beten
die Leidenschaft möge bei ihnen bleiben, vor dem Bild
auf das es ein Gedicht nicht geben wird:
Das Inbild der Schönheit wird Gnosis.

Einzug in Cremona

Über der Heiligkeit ist das Inteletto d'amore
wiedergefunden, wie ein Edelstein
der im Halbschatten geschwiegen hatte.
Der Ernst des Hymnus hat die Unzucht ersetzt.
Die Göttin, das Verhängnis ahnend, empfängt
die Verjüngung des eigenen Bildes

und die Begegnung der Liebenden auf dem Platz
vor der Kirche. Das Mädchen hat
die Wachen überwunden, wer ist jetzt Opfer?
Perugino hat die Schönheit erhaben gemacht
auf daß sie streng über ihn richte, auf daß sie
über der Reue stehe, und über den Menschen.

Giorgione: La tempesta

Die Trennung beginnt wenn die Reife vergeht.
Jeder steht auf seiner Seite des Flusses.
Die Stadt ist verschlossen, besteht kaum mehr.
Vertreibung ist mehr eine Not denn Kühnheit.
Auch die Brücke verbindet nicht mehr;
die Metapher verabschiedet sich aus der Epoche.

Der Mann bekleidet, die Frau in ihrer Nacktheit unattraktiv.
Er steht Wache am Grab, sie stillt die Nachkommen;
als wolle die Wolke die Erde überschwemmen
und der aufgewühlte Bach zum Angriff übergehen.
Der Blitz überbringt dem Bild die Botschaft: der Raum
wird zu eng für den Menschen. Er tritt beiseite,
wendet sich nach Westen.

Vertreibung aus dem Paradies, Flucht nach Ägypten,
Szenen aus dem Leben von Adam und Eva?
Ohne Titel bleibt diese Entladung.
Schwefelgeruch in grünem Schauder.
Man steht vor dem Gewitter ohne rechtes Bewußtsein;
darin Zerrissenheit, Entzweiung, Ausbruch des Himmels.

Im Markusdom, Venedig

Die Stimmen singen ohne jedes Frösteln
und golden fließt die Fassung durch die Fenster
mit ihrem Strom: die Abendvesper unter der Kuppel
ist nicht ganz losgelöst vom Platz:
Alphabete mischen, versöhnen sich dann;
so auch die strengen Regeln, die Sehnsüchte des Gebets.
In der Mitte verehrt wird der Schatten der Leere,
am Rande senkt ein Mädchen seinen Obolus
in die Hände des Ankömmlings,
                    und sofort entsteht ein Sonett.

Versöhnung zwischen den verschiedenen Seiten der Welt,
der Listige hat niemanden mehr den er übertölpeln könnte.
Die Diakone singen schöner als die Seraphim,
so war es auch früher schon: Singen ist Teil
des menschlichen Scherzens, aber scherzen kann nicht jeder.
Erst jeder hundertste Sänger hat die Wahrheit durchschritten.

Die Büsten auf dem Kalemegdan

Der letzte Sproß des Schnees senkt sich herab
in tiefste Trübnis und der Rhythmus wechselt.
Faulheit wird zur Tugend am Ende des Winters.
Kein Spaziergänger, grau das Gras,
Langeweile bezeugen Bora, Šantić, Vojislav
bzw. ihre Büsten.

Es ist Zeit, hätten die Symbolisten gesagt.
Unter Sahat-kula umgestürzt
das Dionysos-Relief im Brackwasser.
Der Schnee geht über in Matsch. Harmonie
gibt es nicht, bemerkt Mokranjac, nach unserem
Hellenentum fragt Miloš Djurić.

Zwischen den zwei Zindans schauert es den Passanten:
das Schwarz des Kerkers summt durch die Gitter.
Bald ist Mitternacht. Der Polarstern funkelt.
Ohne Vordach tummeln sich die Vögel.
Das auserwählte Volk durchschritt den Grund
des Roten Meers von Moses angeführt.

Zu uns kommt nicht einmal ein Buddha-Maitreya.

Das Jüngste Gericht

(H. Bosch, Wien,
Akademie der Bildenden Künste)

Das Jüngste Gericht ist nicht nur das Ende der Welt
auch nicht die Flamme die kommt um zu holen ihr Volk
der Leidenschaftlichen die das Leben so schwungvoll begannen
um zu enden auf dem Boden des Körpers aus dem sie
niemand wieder ausgraben kann;
das Jüngste Gericht ist Stelldichein in einem neuen Äon

wenn jeder tut was er einmal herabgerufen hat
und sich mal schnell über sein Gold wälzt.
Daher gleicht für kurz alles Zerrbildern
über die Sägen hinweggehen, Scheren
und ein sprengstoffgetriebenes Schwungrad,
ehe sie in eine Ewigkeit eingehn, die keinen Namen hat.

So sieht denn der Gerechte versklavt aus
versklavt von seinem guten Werk, in einem Licht
das blendet über jedes optische Maß hinaus.
Trotzdem, noch einmal war alles im Sein:
Moses freut sich an Pharao, Kain umarmt Abel
und dem Opfer wird der Name seines Mörders lieb.

Geschichtslehre
1995

Guter Wille

Ich erzählte es den Hausbewohnern, dann hörten es auch die Landsleute: es lebt sich leichter wenn der Mensch niemanden haßt: weder die Schlange noch den Luchs. Unter der Schwelle des Hauses möge die Natter leben, auch die Wildkatze laß kreischen unter der Eiche die weissagt. Der Schnabel des Adlers reinigt unsere Wege vom Aas. Leben wir in Frieden wie Menschen die Herrschaft und Ehre entsagt haben. Eine große Schlange windet sich mitten durchs Dorf, auch sie lernt ihr Gift nicht zu verwandeln in Samen. Wir alle folgen dem guten Magneten. Und errichten den Thron für einen den es nicht gibt, für einen ohne Namen.

Schwestern

Man weiß wer mit wem verwandt ist, aber viele wollen sich dessen nicht entsinnen. Neue Verwandtschaften werden erfunden, in Seitensträngen und rückwärtsgewandt. Die frisch erfundene Verwandtschaft kennzeichnet man mit einer bestimmten Farbe die man um den Hals trägt. Und wer darf jetzt wen heiraten? Die Eheschließung ist erschwert. Als sei das ganze Dorf von Blutschande überschwemmt. Einige junge Männer sagen: na und? Und nehmen nachts ihre Halbschwestern. Sie gehen zur Nebentür hinaus. Wenn ihnen die Schwester gefällt, fliehen sie aus dem Haus. Andere wieder begreifen daß jede Frau Schwester ist, die eigne, oder eine fremde.

Was die Geister tun

In zwei Dörfern erschlugen zwei Brüder den Sohn ihrer Schwester, beinahe zur gleichen Zeit meldete dies eine Krähe einer anderen Krähe. So kehrte die Stille zurück die nötig ist um zu hören was in der Luft die Geister tun. Die Stille kam aus dem Wald und niemand darf sie stören. So schweigen feierlich auch die Tiere. Mit dem menschlichen Geschwätz schleichen sich ins Dorf auch die Funken des heiligen Zorns. Es ist nicht wahr daß die Götter das Feuer vor den Menschen verborgen hätten. Sie bringen ihnen die Flamme, aber an Orte, wo sie es am wenigsten erwarten.

Drohung

Uns scheint als bewege sich auf unser Dorf eine Feuersäule zu. Tief unten gleitet die Erdplatte langsam in einen Vorhang aus Feuer hinein. Und jede unserer Hütten, in die Weichen der Erde gebohrt, fängt an zu zittern; sie möchte näher zur Mitte wo Sand, Verstand und Stein sind die nicht brennen. Wir schauen zu wie der Wald mit der Flamme kämpft. Der flammenden Liebe ergibt sich Blatt für Blatt. Manch einem gelingt es sich über die Flamme zu erheben. Darauf hoffen unser Ohr und unser Auge. Der Kopf aber fragt sich: ist die Flamme wirklich das Ende? Oder verbirgt sich hinter dem gefräßigen Vorhang irgendein schöneres Bild?

Hinterhalt

Der Geist des Getöteten wütete im Dorf: er erschreckte die Menschen bei der Feldarbeit, brachte Krankheiten, trug die Eintracht zwischen Mann und Frau davon. Um sich von diesem Geist der Rache zu befreien, trieben die beiden besten Jäger das ganze Dorf in ein einziges Haus und stellten sich vor die Tür mit gespannten Bögen und Pfeilen. Durch diese Tür mußte der Geist kommen wenn er jemanden erschrecken wollte. Doch der Geist war kein Hellseher, er sah nicht den Hinterhalt den ihm die beiden Jäger gestellt hatten. Im allgemeinen Wehklagen das erscholl und von dem sich das Dach des Hauses hob, schossen die beiden Jäger ihre Pfeile gleichzeitig ab und trafen einer den andern.

Dämmerung

Die in der Mitte des Dorfes unter Schatten leben, sagten: die große Nacht ist angebrochen, es wird nie wieder Tag. Die andern die ohne Dach am Dorfrand leben, beklagten daß die Sonne niemals untergehe. Für die einen wie für die andern wurde es Zeit, und das war die Ernüchterung: man sah was man versäumt hatte und was statt groß zu sein, kleingeblieben war. Die Dämmerung verstellte den Blick dort, wo einst das Bild einer anderen Welt zu sehen gewesen war. In der Dämmerung versank der Stern der bis gestern unablässig gestrahlt hatte.

Festmähler

Vorgeschlagen wurde die Gastfreundschaft abzuschaffen. Das Benehmen der Gäste glich einer Kette von Mißbräuchen. Trotzdem, für die alten Sitten braucht man Geduld. Und darüber spricht man bei Tisch. Als erste zum Festmahl luden diejenigen die Früchte schicken. Und der die Vermehrung des Viehs besorgt. Das ganze Dorf ging zu ihnen. Der Reichtum war von Gott, das wußte man. Und niemand wollte von der Tafel aufstehn und gehen. Die Berggötter erzählten göttliche Geschichten. Aber die Dorfbewohner wälzten sich am Boden und verlangten noch mehr zu trinken und mehr Gelegenheit zur Buhlerei. Die Festmähler nahmen kein Ende. Jemand mußte aufstehn und gehen. Es waren die Gastgeber die sich erhoben und die Tafel ohne Aufsicht verließen. Ein Haufen betrunkener Tagediebe den gastlichen Tisch umlagerte. Und ein Gewitter erhob sich statt daß es tagte.

Wechsel der Hausbesitzer

Wir haben einen Feiertag an dem Fehler berichtigt werden. Eine oder zwei Nächte ziehen alle Dorfbewohner aufs Feld und schlafen unter dem heiteren Himmel. Auf ein Zeichen des Obmanns rennen dann alle zurück. Aber man tritt nicht mehr durch die eigene Tür. Der Auftrag ist daß man die Feuerstelle wechselt und jeder zu einem anderen Haus kommt. Am schnellsten laufen die mit der schlechtesten Unterkunft. Die andern wundern sich über diesen Eifer, diese Heftigkeit. Aber schon ist es zu spät. Ohne Tugend machen sie sich breit im fremden Haus. Und die Genarrten nehmen Wohnung in der Umgebung wo es keine Häuser gibt weil die Hände zu faul waren. Sie schweigen und denken darüber nach warum diese Wechsel vorgeschrieben und notwendig sind. Sie möchten irgendwohin übersiedeln. Oder möchten daß die Tage schneller vergehn, und fragen sich ob sie jemals wieder zu ihrem eigenen Haus kommen werden.

Schuld

Es genügt seinem Freund einen kleinen Stoß zu versetzen daß er stolpert und schon stürzt er die Felswand hinab. Man weiß was dann geschieht. Die Frauen die nachts Krebse sammeln finden den Körper des soeben Umgekommenen. Der Schuldige wird gesucht. Niemand nimmt die Anklage entgegen. Der Missetäter ist allen übrigen Menschen ähnlich. Aber die Brüder des Umgekommenen warten auf ihre Stunde. Nach einigem Zaudern erkrankt der Mörder. Etwas treibt ihn um, er geht in das Haus seines Opfers und gesteht dessen Brüdern alles. Wie schrecklich wenn jemandem das Gewissen schlägt. Alle weinen gemeinsam. Aber das Vergießen von Tränen bedeutet nicht Vergebung. Die Rächer kommen ins Haus des Erkrankten und erschlagen vor seinen Augen dessen Brüder. Für den jüngsten findet sich ein wenig Gnade. Wie auch für den Mörder – ihn lassen sie am Leben. Damit er bevor er stirbt genau mit ansieht die ganze Schrecklichkeit jemandem den Tod zu geben.

Keine Reue

Dem anderen Schaden zuzufügen, darauf beruhen unsere Sitten. Es gibt weder Reue noch Vergebung. Auf unserer Insel ist es noch nicht so weit gekommen daß jemand nicht im Recht gewesen wäre, daß er seinen Fehler zugegeben hätte. Daher ist es leichter Schläge zu bekommen als Vergebung. Wenn es anders sein sollte gäbe es uns gar nicht. Im Himmel ist es dasselbe (hört das Waffengeklirr der Sterne). Auch haben wir noch nie gesehen daß ein Frosch einem anderen Frosch nachgäbe. Außer es geht um die Liebe. Liebe in der Pfütze, an der Mauer, unter den Zweigen im Wald. Auf sie hofft unser Jäger und eilt deshalb von Ufer zu Ufer, im Kreis. Und verbietet seinem Freund die Liebe die er selbst nicht findet.

Gerichtsbarkeit

Man weiß nicht genau was Schuld sei, aber von Zeit zu Zeit muß jemand verurteilt werden. Wegen Diebstahls, Feigheit und vor allem: wenn einer häßliche Wörter sagt. Die Verurteilung ist öffentlich, für gewöhnlich streng und erfolgt unter Tumult. Auch die Todesstrafe wird nicht ausgeschlossen. Aber die Vollstrekkung zieht sich hin, alles bei uns wird aufgeschoben in Erwartung einer Bestätigung von oben, oder von außen. Inzwischen fällt manch tapferer Mann im Kampf, während die Schuld der Schuldigen schnell vergessen wird. Was nicht bedeutet, daß das Dorf vergeben hätte. Oft stirbt eines natürlichen Todes, wer auf seine Hinrichtung wartet. Man beerdigt ihn und verurteilt ihn erneut. Oder, wenn der Schuldige ein langes Leben hat, sagt man zu ihm: begeh dasselbe Verbrechen noch einmal. Was war das bloß vor dreißig Jahren? Du kannst dich auch nicht erinnern? Dann tu eben – was anderes Böses.

Die andern und wir

Sie malen ihren Gott dem aus dem Bauch ein Baum wächst. Ihr Gott ist gelb, obwohl er mit Blut ernährt wird. In ihrem Körper reihen sich Würfel aneinander. Niemand hat sie aus der Nähe gesehen. In ihren scharfen Augen sind wir die weiche Herde. Geschöpfe die sich mit ihren Göttern herumschlagen. Ihnen ist das Gesetz verborgen. Sie ziehen keine Linie zwischen Belohnung und Strafe. Wir lachen gern. Ihnen dagegen ist nichts heilig. Freiheit ist dasselbe wie Verfluchtsein. Sind sie überhaupt Menschen? Auch wir sind nicht das wonach wir aussehen.

Wer ist stärker?

Sehr früh, die Kinder haben kaum zu krabbeln aufgehört, stellt sich die Frage: wer ist stärker, wir oder sie? Wessen Lanze trägt weiter und trifft genauer. Wessen Zauberspruch ist stärker. Wer fängt mehr Fische und pflückt vom Baum das süßere Obst. Nichts anderes darf man sagen, man hört auch nichts andres: wir sind stärker und besser als die im Nachbardorf. Wir werden ihnen die Kraft unsrer Faust beweisen. Niemand darf später diese Zauberformel entzaubern. Und so bleibt der kindliche Glaube auch wenn uns der Nachbar überwältigt, unterdrückt, beraubt und unser Vieh zur Schlachtbank wegtreibt.

Heimsuchungen

Gegen uns ziehen viele zu Felde die man nicht sieht. Sie bedrohen uns oder wollen sich mit jemandem von uns schlagen. Man weiß nicht warum, aber ihnen ist die Gewohnheit wichtiger als deren Erklärung. Sie springen uns vom Dach an den Hals, stellen uns ein Bein wenn wir die Schwelle überschreiten, unterwegs stemmen sie sich wie der Sturm gegen unsere Brust. Es sieht so aus, als vermehrten sie sich auch weiter. Die Männer stehn Tag und Nacht Wache. Oft müssen sie ringen. Unsichtbar ist die Seuche die nach uns greift. Kaum ist ein Durchgang zu finden, zwischen zwei teuflischen Gewalten. Von früh bis spät drängen wir die Überrumpelung zurück. Frauen haben es in dieser Hinsicht leichter. Sie sprechen mit den Kindern über ihren Kinderkram. Wir Männer dagegen müssen bewehrt mit einigen Kräutern und zwei-drei alten Wörtern, das Dorf bewahren vor den ansteckenden und roten Wolken. Und anderen Abgesandten des Feindes.

Flammen des Streits

Sie hatten einen Knochen in der Hand, wir einen Stein. Die Frauen holten versteinerte Ohren aus dem Meer, die Männer sammelten Hörner und brachen Zweige. Die Welt der Gegenstände ist längst zu bunt geworden. Gründe für Schlägereien gibt es immer weniger. Aber wir schlugen uns häufiger, und wenn die Schlacht erst einmal im Gange war, konnte sie nicht wieder innehalten. Ich sagte, werfen wir die Sachen auf einen Haufen, damit das Kriegen für immer aufhört. Dann kam und setzte sich auf den Haufen die Flamme und sagte: nehmt mich in die Hand – wer mich hat wird herrschen über die andern. Und alle zündeten die Zweige an. Und warfen aufeinander den glühend heißen Stein.

Umsiedelung

Das Meer hat sich verdünnt, die Insel beginnt zu versinken. Alles im Boot verstauen, Samen, Feuer und Tiere die nicht fliegen und nicht schwimmen. Benötigt werden andere Siedlungsplätze nahe einem Vulkan und fließendem Wasser. Aber besetzt sind die Inseln im Umkreis, und der Hahn kräht auch jenseits des Meers. Wen um Rat fragen wenn nicht unsern Stammesgott? Und er sagt: schafft eure Habe und Häute dorthin wo die Sonne aufgeht. Dort werdet ihr eine fruchtbare Hochebene finden und dort wächst auch schon eine taugliche Saat. Aber die Fahrt wird lange währen. Das Meer ist nicht immer ruhig. Unterwegs gibt es nicht immer einen Gott der uns sagen könnte, warum es so weit gekommen ist.

Besuch der Osterinsel

2001

I.

Und während wir ans Ufer traten, sehen wir ein menschliches Brustbild über der Meeresoberfläche. Wer ist das? – fragen wir die Eingeborenen – ein verirrter Fischer oder ein aus der Tiefe aufgetauchtes Tier? Tummelt es sich ständig um die Insel? Die Eingeborenen singen vor einem Stein, in den ein vogelähnliches Bild geschnitten ist. Einer von ihnen, mit Asche bestreut, sagt uns, mit dem Finger auf das Wasser zeigend: er erscheint oft und zeigt seinen Bauch, als habe er das Gemüt eines Wals. Er meint, er sei weise, und spricht mit schwerer Zunge, außer wenn er sich der großen Sintflut erinnert. Da blinkt an seiner Zunge etwas; es sieht so aus, als wolle der Riese uns ansprechen.

2.

Auf seinen Schwanz gestützt, steht er: ein Mensch auf einem Bein. Er winkt mit den Armen, plötzlich streckt er Flossen von sich. Wir stehen in einer Reihe am Ufer und hören seinem Mund ein lautes Kichern entströmen. Später sind es Schreie einer von Scham verblendeten Kindheit, in Reimen. Was kann man erwarten von jemandem, der sich ständig im Wasser aufhält; beredt kann er nicht sein, wenn er vom Stamm der Fische ist. Auch dürfte er uns nichts zu übermitteln haben, das des heiligen Gehörs würdig wäre. Und wirklich beginnt er in reinster Prosa zu sprechen.

3.

Der Mensch mit den Flügeln hat es übernommen, seine Geschichte auf ihre Grundzüge zu reduzieren. Als die Sintflut hereinbrach über die Erde, leuchtete ihm ein was er zu tun hatte: sich nicht einzulassen auf die Fahrt in der Barke Urvater Noahs. Jemand von den Menschen mußte auf Wasserart am Leben bleiben, und zwar auf der Seite der Sintflut. Und als der Schlag der Menschen wieder mit trockenem Festland gesegnet war, vermied er es sich neben das Feuer zu stellen, was den Abschluß eines Vertrages mit Gott bedeutet hätte. Er schwamm weiter mit den Haien, es gelang ihm einen Delphin aufzuzäumen. Er verschwisterte sich mit dem Meer, denn nie war er darauf mit einem Schiff geschwommen.

4.

Mit ihm blieb ein Teil unserer Natur jenseits des Trockenen. Er hatte kein Interesse an der Politik des komplizierten Wollens. Mit ihm blieb in der Schicht unter Wasser ein Drittel eines jeden von uns: süß ist, befriedigte Wünsche zu tummeln. Es dauert seine Form, weder fest noch flüssig: unter Wasser ist die menschliche Vorform, die keine Theorie der Rettung braucht. Wir sehen ihn sich aufrichten, ein wenig benetzt von seiner glitschigen Freiheit. Obwohl, auch bei uns lebt man nicht gerade nach dem Gesetz, dem göttlichen oder strengen.

Peter Handke
Dies und das zu den unverwöhnbaren Dichtern

(statt eines Nachworts zu den Gedichten von Miodrag Pavlović)

*

Ein Phänomen der heutigen Zeit? nur dieser?: der Typus des verwöhnten Dichters, des arrivierten? Einmal ausgewählt von einer Öffentlichkeitsinstanz als ein Auserwählter, oder »Götterliebling«, tritt er sein Lebtag lang als solcher auf, als Gastpoet von San Francisco bis Venedig, von Johannesburg bis Stockholm; als Poetiklehrer von Campus eins bis Campus hundert; bedichtet nicht bloß eine jede seiner Gratisgaststätten, sondern weiß darüber hinaus zu jeder noch so fernen Weltlage was zu sagen; gibt sich, als poeta doctus etc., nicht bloß souverän, sondern spielt auch, ganz Teil und Ausgeburt der Instanzen, die ihn ausgewählt haben, vor diesen und innerhalb dieser den Universellen, oder eher den Eigentümer aller je aktuellen Themen. Statt sich wie andere Dichter von den Problemen mit Menschen, Dingen, Orten überwältigen zu lassen, bemächtigen sich diese verwöhnten Dichter dessen, was jeweils Sache ist – sind eher Annektierer.

*

Der serbische Dichter Miodrag Pavlović gehört zu den anderen Dichtern, den nicht bloß unverwöhnten, sondern unverwöhnbaren Dichtern – ohne freilich mit seinesgleichen eine Reihe, Riege oder Konferenzgruppe zu bilden. Seinesgleichen, das sind zum Beispiel: Paul Celan, Ilse Aichinger, René Char, Antonio Machado und vor allem, gerade in der gegensätzlichen Grundeinstellung, der Pole Zbigniew Herbert. Herbert: die vertrauenserweckende Trockenheit seiner Poesie; das Ja-ja, Nein-nein des

Moralisten (so hat er sich selbst bezeichnet). Miodrag Pavlović: die anders Vertrauen erweckende Rhapsodik – obwohl er sich zwischendurch von ihr verabschiedet – seiner Gedichte: das über ein halbes Jahrhundert, trotz sich verändernder Rhythmik und Stimme, sich behauptende Enthusiastische. Früh enttäuscht – wenn man psychologisch argumentieren wollte, etwa durch die Bomben auf Belgrad 1941 und dann 1944 –, doch unverdrossen ausholend in den Zeiten – der Balkangeschichte – und den Räumen – dem Balkan als dem ewigen tragischen Zwischenraum. Eine begeisterte Enttäuschtheit, wild, schön – unverbesserlich; eine fruchtbare Desillusion – wobei doch eins der häufigsten Worte bei Pavlović die »Hoffnung« bleibt (oder sollte man das serbokroatische »nada« mit »Zuversicht« übersetzen?), mit dem zugehörigen Beiwort »groß« (als Gruß an Ilse Aichinger). Und wie alle die unverwöhnbaren Dichter tritt auch Pavlović niemals als ein Offizieller auf – selbst im eigenen Land ist er der zittrige, fragende, immer wieder beinahe bettelnde Gast. (»Im Traum bin ich Bettler geworden ...«) Universell: das sind er und seinesgleichen. So universell wie untröstlich. Poetikvorlesungen? Ja, aber nur von seinesgleichen, im stillen Lesen. Und zum Glück wird seinesgleichen ja auch nie zum regelrechten und regelversessenen Poetikdozenten, samt – Stuhl, bestellt werden.

*

Noch einmal zusammengesehen das Werk von Miodrag Pavlović mit dem Zbigniew Herberts, doch nicht in der Gegensätzlichkeit jetzt – in der Übereinstimmung: das »Cave Musicam!«, Hüte dich vor der Musik, Nietzsches, und dafür, bei aller Musikalität, das Beharren beider Poeten auf den Bildern, auf dem Malen, dem Bild, dem Gesetz des Bildes; dem unerkennbaren Gesetz im Bild: »Das Inbild der Schönheit wird Gnosis.«

*

Was für eine herzliche Einladung in der Gedichtzeile: »Kommt doch auch einmal zu uns / unser Lied ist ein schöner Schrei« – Gast, der einlädt in sein geliebtes Gastland. Und natürlich ist das Zwischenraumland Serbien gemeint, und damit auch dessen Hauptstadt Belgrad, БЕОГРАД, Pavlović' Stadt. Verhaßte, an- und eingeschwärzte Stadt in aller Welt? Und wie kommt es aber, daß kaum eine Stadt auf der Welt heutzutage wohl so überzeugend geliebt wird, geliebt werden kann, nicht nur von Miodrag Pavlović, sondern von vielen, vielen, Einheimischen wie Fremden, am stärksten überzeugend und ansteckend aber von diesem ganz und gar nicht verwöhnten Dichter? – weil auch die Stadt, der Ort, das Land ganz und gar nicht verwöhnt sind, und es auch verachten, sich je verwöhnen zu lassen? Wie schrieb die Dichterin Desanka Maksimović aus dem Dorf Brankovina bei Valjevo (kein Gegensatz Stadt – Land!), eine Vorläuferin dieses Vorläufers wieder eines Vorläufers?: »Unser Land wird nicht verlorengehen.«

*

Anmerkungen

S. 7 *Ivrit*: hebr. für Hebräisch.

S. 29 *Granap, Navip* ...: Abkürzungen von Namen sozialistischer Konzerne des neuen Jugoslaviens, Navip z. B. der größte Getränkehersteller.
Tri šešíra, Dva jelena, Četiri Grozda: Drei Hüte, Zwei Hirschen, Vier Trauben, beliebte Traditionsrestaurants [Kafanen] in der Belgrader Altstadt, der Skadarlija.

S. 64 *Dušan*: Stefan Dušan Uroš IV., serb. Fürst 1331-1355, ab 1346 Kaiser; unter ihm erreichte der serbische Staat im Mittelalter seine größte territoriale Ausdehnung. Ziel der Politik Stefan Dušans war ein balkanisches Großreich mit Konstantinopel als Zentrum. Der Überlieferung zufolge starb Stefan Dušan wenige Kilometer vor den Mauern Konstantinopels.
Nerodimlje: Hofburg und Residenz der serbischen Fürsten im südlichen Amselfeld [Kosovo polje], Sterbeort des Königs Stefan Urošs II. 1321; in N. stürzte Stefan Dušan 1331 seinen Vater, Stefan Uroš III., genannt Stefan Dečanski [vgl. S. 78].

S. 68 *Hilandar*: serbisch-orthodoxes Kloster auf dem Berg Athos, 1197 begründet von Stefan Nemanja.

S. 70 *Smederevo*: Semendria, in der Antike Aureus mons; Stadt und Festung an der Donau, 60 km östlich Belgrads. 1430 von Despot Djuradj Branković errichtet, 1439 von Sultan Murat belagert und erobert, fiel 1459 endgültig unter osmanische Herrschaft und symbolisiert damit das Ende des serbischen Reiches im Mittelalter.

S. 71 *Hajduk*: 1. Räuber, jenseits des Gesetzes stehend; 2. serbischer Freischärler, Freiheitskämpfer.

S. 74 *Velebit*: Karstgebirgszug in Dalmatien.

S. 78 *Stefan Dečanski*: Stefan Uroš III., serb. König 1321-1331, errichtete während des Kriegs gegen die Griechen unter Andronikov III. südlich der Stadt Peć das große Kloster von Dečani, das ihm den Beinamen »König von Dečani« gab.
Varlaam: byzantin. Mönch, gest. 1348 in Neapel, war 1339 von Kaiser Andronikos III. Paläologos [1328-1341] nach Avignon gesandt worden, um über die Vereinigung der ost- mit der weströmischen Kirche zu verhandeln.
Andronikos: A. III. Paläologos, byzantin. Kaiser, unter dessen Herrschaft die Osmanen bis zum Bosporus vordrangen, während die Serben unter Stefan Dečanski Bulgarien eroberten und, unter Stefan Dušan, große Teile Mazedoniens und Epirus unterwarfen.

S. 131 *Beograd 1941*: meint den mörderischen Bombenüberfall auf Belgrad als Hauptstadt des Königreichs Jugoslavien; die deutschen Luftangriffe begannen am Morgen des 6. April 1941 und dauerten drei Tage. Vgl. Miodrag Pavlović, *Usurpatoren des Himmels*, Berlin, Friedenauer Presse, 2001.

S. 138 *Haǧǧar-Qim*: auch Kim, megalithischer Tempelkomplex auf Malta, 3. Jahrtausend v. Chr., erste Steintempel der Menschheitsgeschichte.

S. 140 *Lakschmi*: auch Lakshmî, indische Göttin der Fülle und des Glücks, Gattin des Vishnu.

S. 141 *Laza Kostić:* serb. Lyriker der Romantik, 1841-1910; seinem Gedicht *Santa Maria della Salute*, das als sein bestes gilt, hat Miodrag Pavlović 1972 einen großen Essay gewidmet.

S. 145 *Kalemegdan*: türk. die Walstatt, ursprüngl. Wiesenlandschaft zwischen der Festung am Steilufer der Save und der Stadt Belgrad, auf der früher die serbischen Freiheitskämpfer von den Türken gepfählt wurden; heute der Stadtpark Belgrads.

Bora: Borisav Stanković, serb. Erzähler u. Romancier, 1876-1927; Pavlović schrieb 1978 einen Essay über ihn.

Šantić: Aleksa Šantić, serb. Lyriker, 1868-1924, bedeutender Übersetzer deutscher Literatur [Heine, Schiller u. a.].

Vojislav: Vojislav Ilić, serb. Lyriker, 1860-1894, der entschieden mit der Romantik brach; einen Essay über ihn schrieb Miodrag Pavlović 1971.

Sahat-kula: der Uhrturm.

Mokranjac: Stevan Mokranjac, 1856-1914, bedeutender serbischer Komponist mit Denkmal auf dem Kalemegdan, komponierte Musikstücke nach alten serbischen Volksliturgien, berühmt sind seine *Rukoveti* [Liederbücher].

Miloš Djurić: serb. Ästhetiker, Philosoph, 1892-1967, Prof. f. klassische Philologie an der Universität Belgrad.

zwei Zindans: die ursprünglich drei Zindan-kapije, Gefängnistore auf der Festung; die Türme des dritten Tors werden im serbischen Volkslied besungen.

Bibliographische Notiz

Wo nicht anders vermerkt, handelt es sich bei den Zwischentiteln vorliegender Auswahl um die Originaltitel der Gedichtbände Miodrag Pavlović' sowie die Daten ihrer Erstpublikation in Buchform.

Das Gedicht »Hand aufs Herz« entstammt dem Zyklus *Nauk o duši* [Seelenlehre, Lehre von der Seele] aus dem Jahr 1996 und ist unter diesem Titel 1998 zusammen mit anderen Gedichten als Buch erschienen; in toto ist dieser aus sechs Texten bestehende Zyklus deutsch veröffentlicht in der Zeitschrift *Kafka*, Berlin 2002.

Die Frühen Gedichte sind dem Band *87 pesama* [87 Gedichte] entnommen, erschienen 1952, in Auswahl ²1963. Dieser Band enthält auch das Poem *Verteidigung unserer Stadt*, das erstmals in Pavlović' Gedichtband *Säule des Gedächtnisses* [Stub sećanja] 1953 erschien.

Der Zyklus *Ahnung des Endes* [Slutnja kraja] aus dem Jahre 1969 war erstmals in dem Band *Svetli i tamni praznici* [Helle und dunkle Feiertage] 1971 enthalten und steht für sich in der Gestalt wie in Band 1 der ersten Gesamtausgabe in vier Bänden, Belgrad 1981.

Die *Geschichtslehre* findet sich unter dem vom Autor für die deutsche Ausgabe geänderten Titel als Kapitel *Nešto kao istorija* [Etwas wie Geschichte] im Band *Bitni ljudi* [Ursprüngliche Menschen] von 1995.

Das Gedicht *Besuch der Osterinsel* wurde aus dem Manuskript des Autors übertragen.

P. U.

Weidmoos, Mai 2002

Inhalt

Frühe Gedichte 1946-1952

Was hast du verloren 11
Requiem 12
Der Gefangene 13
Unter der Erde 14
Wald der Verdammnis 15
Beruhigung 16
Stille 17
Fragen 18
Diebe 19
Auf den Tod einer Henne 20
Kreis 21
Schweigen 22
Variation über den Schädel 23

Verteidigung unserer Stadt 1953

Verteidigung unserer Stadt I-VI 27

Milch des Ursprungs 1963

Ein einfacher Mensch
über die Erschaffung der Welt 39
Wächter vor Athen 41
Krieger erzählen 42
Agamemnon erscheint 43
Orest auf der Akropolis 44
Versammlung der Hunde auf Knossos 46
Pindar beim Spaziergang 47
Aussage der Statuen 49

Odysseus auf der Insel der Kirke 50
Die Geburt der Aphrodite 51
In der Bucht von Athen 52

Groß-Skythien, Neu-Skythien 1969, 1970

Die Slaven unter dem Parnaß 55
Jagd 56
Findling 57
In Einsamkeit Klage 58
Der blinde König in der Verbannung 60
Geschichte eines Pilgers 62
Rückkehr des Pilgers 63
Dušan vor Konstantinopel 64
Pfauen 66
Spätes Gebet in Hilandar 68
Klage um Smederevo 70
Stimme unter dem Stein 71
Der Verweser beschwert sich über die Ketzer 72
Zwistigkeiten 74
Rückkehr des Sängers auf die Erde 76
Nächtlicher Spaziergang
des Königs Stefan Dečanski 78
Klagelied der Krieger 80

Ahnung des Endes 1969

Über ein kleines Volk 83
Stimme aus dem Halbdunkel 85
Altweibersommer 87
Ahnung des Endes 89

Opfergang 1971

Beginn des Gedichts 93
Entlang des Rheinufers 94
Amiens 96
Chartres 98
Die Alpen 100
La Rotonda 101
Salzburg 102
Tavant 104
Besuch beim hl. Trophime in Arles 105

Helle und dunkle Feiertage 1971

Das Buch über das Sakrament 109
Abstieg in den Limbus 110
Der Dichter steht aus der Erde auf 112
Sobald sich der Sargdeckel senkt 114
Patmos 116
Pfingsten 118

Kettenglieder 1977

Neolithikum, hierzulande 121
Gräben 122
Neolithikum II 123
Invasion im Tal der Töpfe 124
Verwaltung 125
Der Glaube von einst 126
Altes Ritual 127
Märkte 128
Feuer 129
Neues Ritual 130
Beograd 1941 131
Die letzte Stunde 132

Einzug in Cremona 1989

Die Erschaffung der Welt 135
Das Schauspiel der Sintflut 137
Das Heiligtum von Haġġar-Qim 138
Die Große Lakschmi 140
Liebende in der Kirche 141
Einzug in Cremona 142
Giorgione: La tempesta 143
Im Markusdom, Venedig 144
Die Büsten auf dem Kalemegdan 145
Das Jüngste Gericht 146

Geschichtslehre 1995

Guter Wille 149
Schwestern 150
Was die Geister tun 151
Drohung 152
Hinterhalt 153
Dämmerung 154
Festmähler 155
Wechsel der Hausbesitzer 156
Schuld 157
Keine Reue 158
Gerichtsbarkeit 159
Die andern und wir 160
Wer ist stärker? 161
Heimsuchungen 162
Flammen des Streits 163
Umsiedelung 164

Besuch der Osterinsel 2001

(Und während wir ans Ufer traten) 167
(Auf seinen Schwanz gestützt) 168
(Der Mensch mit den Flügeln) 169
(Mit ihm blieb ein Teil) 170
Peter Handke, Dies und das zu den unverwöhnbaren Dichtern 171
Anmerkungen 175
Bibliographische Notiz 177